话浙江·湖州

六合住湖州

丛书编写组 编

浙江古籍出版社

编纂指导工作委员会

主　任：赵　承
副主任：来颖杰　虞汉胤
成　员：（按姓氏笔画排序）
　　　　丁如兴　邓　崴　申中华　叶伯军　叶国斌
　　　　吕伟强　刘中华　芮　宏　张东和　金　彦
　　　　施艾珠　黄海峰　程为民　潘军明

专家指导委员会

主　任：陈尚君
成　员：（按姓氏笔画排序）
　　　　吴　蓓　尚佐文　陶　然　葛永海

本册编写人员（按姓氏笔画排序）

　　　　刘正武　刘曼华　高丽燕

总　序

　　中国诗歌源远流长，姿态丰盈，溯其初始，皆以《诗三百》为中原之代表，以《楚辞》为南方的代表，浙江偏处东南，似皆无预。其实，万年上山遗址被誉为"远古中华第一村"，良渚遗址是实证中华五千多年文明史的圣地，越州禹庙的存在，知古越人对以编户齐民到三皇五帝传说之形成，也不遑多让。越地保存的《弹歌》："断竹，续竹；飞土，逐宍。"记录初始人民与百兽竞逐的生存状态，有可能是中国保存最早的古诗。而时代不晚于战国的《越人歌》，以"山有木兮木有枝，心说君兮君不知"的天籁之音，表达古越人两心相悦、倾情诉述的真意。从南朝时期的《阿子歌》《钱唐苏小歌》中，还能体会到古越民歌这种明丽之声的赓续和弘传。

　　秦并六国，天下设郡，会稽郡为三十六郡之一，也为越地州郡之始。到有唐一代，今浙江境内设有十州，虽历代区划皆有调整，省境规模大致底定。十一市的格局虽确定于晚近，但各市历史上无论称郡称州称府，无不文明昌盛，文士群出，文化发达，存诗浩瀚。就浙江在中华文化版图中日显昭著的地位而言，我们可以提到几个很特殊的时期。一是西晋末永嘉南渡，大批中原士族客居江南，侨居越中，越中山水秀丽，跃然于文化精英的笔端："千岩竞秀，万壑争流，草木蒙笼其上，若云兴霞蔚。"山阴道上，剡溪沿流，留下大量珍贵记录。南北对峙，南朝绵续，越地经济发展，景观也广为世知。二为唐代安史乱后，士人南奔，实现南北文化的再度融合。中唐伟大诗人白居易、韩愈、柳宗元、刘禹锡皆出身于北方文化世家，但出生或成长在江南。浙江东西道之设置将今苏南、浙江之地分为两道，其文化昌盛、诗歌丰富，已不逊于中原京洛一带。三是唐末大乱，钱镠祖孙三代割据吴越十四州，出身底层而向往士族文化，深明以小事大之旨，安定近百年，不仅使其家族成为千年不败、人才辈出的文化世家，也为吴越文化造就无数人才。四是靖康之变，宋室南渡，定都临安即今杭州，更使浙江成为全国的政治经济文化中心。此后九百年，浙江在全国举足轻重的地位，历经江山鼎革，人事迁变，始终没有动摇。

浙江人杰地灵，文化繁荣，山水奇秀，集中体现在每一时代、每一州郡，皆曾出现过一流人物，不朽著作，杰出诗篇。"诗话浙江"的编著，即以省内十一市域各为单元，选编历代最著名的诗篇，以在地的立场，重视本籍诗人，也不忽略游宦客居之他籍人士，务求反映本土之风光人情，家国情怀，文化地标，亲历事变，传达省情乡情，激发文化自信，培养乡土情怀，增进地方建设。

唐人元稹有"天下风光数会稽"（《寄乐天》）之句，引申说天下山水数浙江，应该不会有人反对。东晋孙绰《游天台山赋》以全景式的鸟瞰写出天台山之俊奇雄秀，王羲之约集家人朋友高会兰亭，借山水寄慨，是越中诗赋写山水之杰作。广泛游历，寄情山水，留下众多诗篇的刘宋大诗人谢灵运，以诗作为山水赋予了灵魂。本套丛书中杭州、绍兴、台州、温州、丽水、金华诸册，皆收有谢诗，如"林壑敛暝色，云霞收夕霏"之绚烂，"白云抱幽石，绿筱媚清涟"之妩媚，"明月在云间，迢迢不可得"之企羡，"池塘生春草，园柳变鸣禽"之惊喜，"乱流趋正绝，孤屿媚中川"之特写，"石浅水潺湲，日落山照曜"之素描，"崖倾光难留，林深响易奔"之观察，无不在瑰丽山川描摹中投入自己的真实情感，开创了山水诗的无数法门。此后的历代诗人，无论名气大小，游历深浅，无不步武谢诗，传达独到的观察与体悟，留下不朽的诗篇。

浙江各市皆有标志性的名山秀水，且因历代官民之开拓建设，历代文人之歌咏加持，而得名重天下。以旧州名言，台州得名于天台山；明州得名于四明山；处州本名括州，因括苍山得名，避唐德宗名而改；湖州得名于太湖。南湖烟雨，孕育出以朱彝尊为代表的浙西词派。西湖名重天下，离不开白居易和苏轼两位大诗人任职时的建设疏浚，更因他们写下无数脍炙人口的名篇而广为世人所知。有些名山云深道险，如雁荡山，弘传最有功者为唐末诗僧贯休，以兰溪人而得广涉东瓯名山，"雁荡经行云漠漠，龙湫宴坐雨蒙蒙"（《诺矩罗赞》）二句极其传神，此后方为世重。类似例子还有很多，读者可从全套丛书中细心阅读，会心感悟。

其实，山灵水秀触发了诗人的灵感，诗人的名篇也促使了人文景观的升华。兰亭是众所瞩目的名胜，还可以举几个特别的例子。南朝诗人沈约出任东阳太守期间，在金华建玄畅楼，常登楼观景抒情，更特别的是他还写了与楼相关的八首抒情长诗，世称《八咏诗》，名重天下，后人更将玄畅楼改名八咏楼，成为有名的故事。衢州烂柯山又名石桥山、石室山，因南朝任昉《述异记》云东晋王质入山砍柴迷路，遇二童子对弈，着迷而耽搁许久，欲归而发现斧柄已烂，从此有烂柯之名，且因此而成为围棋仙地。缙云仙都山以鼎湖峰最为著名，因其拔地而起高达一百七十多米的石柱而备受关注，传为黄帝置鼎炼丹或飞升处而知名，更成为国内著名的黄帝祭祀地，历代相关诗歌也很多。在历代诗人的共同努力下，浙江各市皆形成了有全国重大影响的山水名区与文化地标。近年在国内外有重大影响的浙东唐诗之路，借用唐代诗人宋之问《题杭州天竺寺》"待入天台路，看予度石桥"所言，即其起点是杭州（也有说法具体到渔浦潭），东行经绍兴、上虞，至剡溪经新昌、嵊州，目的地是天台山，沿途著名景点有镜湖、曹娥庙、大佛寺、天姥山、沃洲山、石梁飞瀑、国清寺等。六朝至唐的另一条诗路，则是从杭州溯钱江而上，经富阳、桐庐、兰溪、金华、丽水、青田而到温州，沿途名区也不胜枚举。近年经学者研究，唐诗之路其实遍布浙江的各个由水路和陆路形成的人文景观，在古迹复原、石刻调查、摩崖寻拓、驿路搜索等方面，都有许多新的发现，在此不能一一叙述。

浙江民风淳朴，勤劳奋发，但也有慷慨悲歌、报仇雪耻的另一面。春秋时代的吴越相争，樵李之战就发生在今嘉兴。后越王勾践在国破家亡之际，忍辱负重，卧薪尝胆，终得复国。浙江历代无数仁人志士，为国家民族生存，为乡邦安宁发展，曾做过许多可歌可泣的努力。舟山在浙江偏处边隅，有两段往事尤可称诵。一是南宋初金人南侵，宋高宗避地舟山，在海上漂泊数月，方得保存国脉。二是明清易代，浙东抗清武装退居海上，张煌言以身许国，以舟山为重要支点，坚持斗争，所作《翁洲行》倾诉了满腔爱国激情。同时陈子龙、顾炎武都有声援诗作。吴伟业所作《勾章行》写鲁王元妃的以身殉国，也可见其情怀所系。近代中国剧变，浙江受冲击尤剧，本书收入龚自珍、左宗棠、郭嵩焘、蔡元培、秋瑾、鲁迅等人诗作，分别可以看到有识之士在世变中对自改革的呼吁、守卫国家领土的努力、放眼看世界的鸿识、反抗清王朝的革命，以及创造新文化的勇气。虽然人非皆浙籍，诗或因他故，他们的功绩是应该记取的。

浙江海岸线漫长，自古即多良港，由于洋流的原因，日本遣唐使和学问僧多以越、明、台、温四州为到达和返国之地。名僧最澄、空海、圆仁、圆珍都在诸州广交友人，广参名僧，访求典籍，体悟佛法，归国后分别弘传天台宗和真言宗（空海在长安得法于青龙义操），写就中日文化交流的重要一笔。圆珍在中国的授法僧清观，曾寄诗圆珍，有"叡山新月冷，台峤古风清"（全篇不存）二句，传达中日佛教界的血脉亲情。宋元之间的一山一宁、无学祖元，再度东渡，在日本弘传临济禅法。至于儒学东传，特别要说到明清之际的朱之瑜（舜水），在长期抗清斗争失败后，他东渡日本，受到江户幕府的热忱接纳，开创水户学派，弘扬尊王攘夷的学说，成为日本后来明治维新的重要思想资源。至于宁波开埠以后西学的传入，也可从许多诗作中得到启示。

至于浙江对中国学术文化的贡献，可讲者太多，大多也可在本套丛书中读到。先从天台山说起。佛教天台宗创始于陈隋之际的智者大师智𫖮，其辨教思想与天台法理，皆使佛教中国化达到了空前高度。数传而不衰，更在日本发扬光大。天台道教则以桐柏宫为最显，司马承祯为宗师，与茅山、龙虎山并峙为江南三重镇。缙云道士杜光庭避乱入蜀，整理道藏，贡献巨大。寒山是天台的游僧，他书写于山岩石壁上的悟道喻世诗作，由道士徐灵府整理成集，流传不衰，并在现代欧美产生广泛影响。道士而为僧人整理遗篇，恰是三教和合的佳话。至于宋末元初三大家王应麟、胡三省、马端临，皆生长著述于浙东，而清初三大启蒙思想家中的黄宗羲也是浙人。黄宗羲子黄百家，更是中国弘传哥白尼日心学说之第一人。更应说到宋陆九渊、明王守仁倡导的儒家心学一派，明末影响巨大，至今仍受广泛注意。至于朱子后学如慈湖杨简、东发黄震，亦曾名重一时。本套丛书以介绍诗词为主，于学术文化亦颇有涉及，读者可加以关注。

浙江物产丰饶，各市县乡镇都有各自的特产与名品。如果举其大端，则为茶、绸、果、笋。茶圣陆羽是今湖北天门人，但他成名则在今湖州与江苏常州共有的顾渚茶山。陆羽不仅致力于茶的采摘与制作工序，更讲究茶的烹煮和水的选择，曾设计组合茶具套装。陆羽存诗不多,但湖州历代咏其茶艺之诗络绎不绝。白居易《缭绫》写越州所贡罗绡纨绮,有"应似天台山上月明前,四十五尺瀑布泉"的描述,进而质问:"织者何人衣者谁?越溪寒女汉宫姬。"直至近代,湖丝、杭绸一直广销世界。浙江果蔬丰富,如余姚杨梅、黄岩蜜橘、嘉兴檇李、湖州莲子、绍兴荷藕,皆令人齿颊生津,品啖称快。竹林遍布浙江,既可采以制作器具,又可食其初笋而得天然美味。宋初僧赞宁撰《笋谱》,主要采样于天目山笋。古代文人以竹取其高雅,食笋更见其清新出俗,在诗中也多有表达。

本套丛书由中共浙江省委宣传部策划指导,十一个市委宣传部组织编写,由浙江古籍出版社出版。各市对地方文献及历代诗歌皆有长期积累与研究,故能在较快时间内完成书稿,数度改易增删,以期保证质量。然而从浙江历代浩瀚的典籍中选取为一般读者喜闻乐见的作品,叙述作者生平事迹,准确录文并解释,深入浅出地品赏分析,实在不是一件很容易的事情。出版社邀请省内专家审稿,提出问题疑点,纠正传本讹脱,皆已殚尽心力。比如明唐胄的《衢州石塘橘》诗中"画舫万笼燕与魏",与下句"青林千顷鹿和狮"比读,初以为指牡丹,但"燕"字无着落,经反复查证,方知"燕与魏"指燕文侯、魏文帝关于柑橘的两个典故。再如文天祥经温州所写诗,通行本作"暗度中兴第二碑",中兴碑当然指湖南浯溪颜真卿书元结《大唐中兴颂》,然"暗度"该作何解?经查明刻本《文山先生全集》收的《指南录》作"暗读",诗意豁然明朗，即文天祥在人生最困难的时刻，仍然没有放弃奋斗的目标，希望大宋再度中兴。

  我们深知，作者与编辑发现并妥善解决的疑点，只是众多存疑难决问题中的一部分。整套书希望给读者提供一份浙江各地诗词的丰盛大餐，但烹制难以尽善尽美，肯定还有不足之处，敬俟读者批评指正，以期后续修订完善。

陳尚君

2024 年 11 月

前　言

"行遍江南清丽地，人生只合住湖州。"元代诗人戴表元的诗歌，代表了无数游历过湖州的人的由衷赞叹。湖州地处江南中心、长三角腹地，地接苏杭，形胜江南，自古有丝绸之府、鱼米之乡、书画盛地、文化之邦的美称，是中国丝瓷笔茶重要的发源地，也是最具江南文化风情的城市之一。

湖州文化历史源远流长，深厚的文化底蕴滋养着诗歌创作。这里有五千多年的文明史，四千多年的蚕桑生产史，近两千三百年的建置史。三千多年前的商周时代，且瓯国已雄踞南太湖。经历吴越文化洗礼，战国时设菰城县，秦改为乌程县，三国时设吴兴郡。因此湖州旧称菰城、乌程、吴兴。因地处浙江最北部，湖州是浙江最早接受中原文明辐射并实现南北文化融合的地方。作为湖州诗歌滥觞，东汉熹平年间的《费凤别碑》就开始用五言诗叙事。汉末三国时代，湖州已开始建构地域色彩浓厚的学术文化系统。伴随六朝吴兴沈氏崛起，以家族传承、昌明文教为特征的湖州士人，或隐山林，啸傲江湖，如沈道虔、沈麟士；或居庙堂，领袖群伦，如沈约、吴均。加之鲍照、沈炯、江淹、丘迟、柳恽、裴子野、沈君攸、阴铿等在湖州的文学活动，掀起一波诗学创作高潮，为中国文学史贡献了大量的精彩华章和创作母题，湖州也有了"江表大郡"的荣耀。

唐宋时代湖州诗词迎来又一波高潮。颜真卿、杨汉公、杜牧、苏轼、葛胜仲、王十朋等莅守湖州，用诗歌抒写湖州成为经久不衰的文化活动主题。"大历十才子"之首的湖州人钱起，承续盛唐而开新，成为继李杜之后诗学时代中坚。而以颜真卿担任湖州刺史为标志，中唐湖州诗歌盛会一度成为天下瞩目的焦点。据当代学者统计，颜真卿刺湖四年半，就有多达九十五位诗人莅临湖州。诗人竞趋湖州，联句吟诵，集体创作。皎然、张志和、陆羽、吴筠、皇甫曾、李冶、刘长卿、孟郊等在湖州的作品，传播极广。湖州的山川风物、四时美景、文化遗迹、名士风流由此广为人知，譬如顾渚茶、乌程酒、西塞山、白蘋洲、罨画溪、明月楼等，后来凝练为中国诗学意象，被广泛吟诵。湖州唐诗，一语"慈母手中线"，感动了无数切盼归来的游子；一曲《渔歌》，传遍大江南北甚至东传日本，引起无数应和，开启了文学史上的文人词创作。诗歌因湖州山川水色而得江山之助，湖州因诗歌而美名远扬。

湖州是"唐诗之路"的重镇，又是"宋词之州"。从文学史角度看，词这种文体的肇始、成型以及演进发展，都与湖州结缘。文人词作的自觉创作，多从应和"西塞山前白鹭飞"开端。湖州人张先是词史上最早自觉审音律的词人之一，他扩大了词境，扩展了篇幅，增强了词的文学表现力。"两张"（张志和、张先）横隔三百年，冥冥之中风云际会于湖州，起承转合如千载一瞬，形塑了词学规范，并助推其步入文学大雅之堂，成为定律和定势。在宋代各府州中，湖州词人总数位居前列。宋代诗人如欧阳修、司马光、王安石、苏轼、黄庭坚、秦观、米芾、范成大、杨万里、姜夔等，或身临苕霅，追寻浮家泛宅；或诗词应和，遥寄山水登临。秀美佳句如"江外饶佳郡，吴兴天下稀"（司马光），"天下山川居一半，湖州风月占三分"（汪莘），大量脍炙人口的诗篇，成为湖州的文化金名片。

湖州地理水道山川，颇有特点。东西苕溪二水纵贯全境，东苕溪又称霅溪、霅川。因此古人称湖州为苕霅、霅川、苕上、苕川等。以苕溪水脉为中心形成了湖州诗学文化圈。湖州所属旧有七县：乌程、归安、长兴、安吉、德清、武康、孝丰。乌程、归安为附郭，东西苕溪汇流于城内，北注太湖。宋人倪思云："霅川漫流，群山环列，秀气可掬，城中二溪横贯，此天下所无。"长兴有罨画溪、合溪、箬溪，德清有余不溪，武康有前溪，安吉有浒溪，孝丰有鹤鹿溪。沿着这些溪流，就可以找到文化诗路，最后汇通于苕溪诗路。苕溪诗路南接杭州，东含嘉兴，又汇于大运河诗路。

苕溪是湖州的母亲河，千百年来诗词吟诵不断。中唐开始，苕霅地域就开始总结和建构"苕霅"母题诗学意象。至迟到唐末，苕霅诗学意象已经具备约定俗成的内涵，其核心是隐逸脱俗的气度、风景如画的自然山水与人文关怀，以及宠辱不惊、用舍由时、行藏在我、自强不息的政治追求和信仰。到宋代"湖学"崛起，播扬天下，"明体达用"便成为地方文化显学，也是湖州诗人自觉的追求。宋元以降，湖州稻作、茶叶、丝绸、湖笔、铜镜、书画、刻书藏书等地域文化声名远扬。赵孟頫、钱选、王蒙等书画诗词名人成就辉煌，后世争相仿效。

湖州诗歌所蕴含的昂扬向上、积极进取、奋斗不息的文化精神，与历史记忆、情感基调、文化传承息息相关。这种文化精神是中华传统文化的一部分，承载着中华民族的价值观和精神追求，对于增强文化自信具有重要意义。我们选编一百首湖州经典诗词，希望能够管窥湖州诗歌文化品格，体现湖州灿烂的历史文化，为"人文新湖州"建设注入强大的文化动力，进一步彰显"最江南"的文化标识。

本册编写组

2024 年 11 月

目 录

先 唐

石 勋
　　费凤别碑（节选）……………………………… 003

沈 充
　　前溪歌（其七）………………………………… 006

鲍 照
　　吴兴黄浦亭庾中郎别……………………………… 008

沈 约
　　赠沈录事江水曹二大使诗（其一）…………… 011

柳 恽
　　江南曲……………………………………………… 013

吴 均
　　同柳吴兴何山集送刘余杭……………………… 015

唐五代

王昌龄
　　太湖秋夕………………………………………… 019

李　白
　　答湖州迦叶司马问白是何人…………………… 021
颜真卿
　　谢陆处士杼山折青桂花见寄之什………………… 023
皎　然
　　寻陆鸿渐不遇…………………………………… 026
　　同颜使君真卿李侍御萼游法华寺登凤翅山望太湖…… 027
　　舟行怀阎士和…………………………………… 029
钱　起
　　题精舍寺………………………………………… 032
刘长卿
　　苕溪酬梁耿别后见寄……………………………… 034
顾　况
　　题梨花睡鸭图…………………………………… 037
李　冶
　　寄校书十九兄…………………………………… 039
张志和
　　渔　歌…………………………………………… 041
孟　郊
　　游子吟…………………………………………… 043
张　籍
　　雪溪西亭晚望…………………………………… 045

白居易

寄题上彊山精舍寺······048

夜闻贾常州崔湖州茶山境会想羡欢宴因寄此诗······049

刘禹锡

湖州崔郎中曹长寄三癖诗自言癖在诗与琴酒其词逸而高吟咏不足昔柳吴兴亭皋陇首之句王融书之白团扇故为四韵以谢之······052

洛中逢韩七中丞之吴兴口号五首（其四）······054

施肩吾

安吉天宁寺闻磬······056

杨汉公

明月楼······058

李 贺

追和柳恽······060

送沈亚之歌 并序······062

周 朴

董岭水······064

许 浑

雪 上······066

张文规

吴兴三绝······068

湖州贡焙新茶······069

朱庆馀
  吴兴新堤……………………………………………071
杜　牧
  入茶山下题水口草市绝句……………………………073
  叹　花………………………………………………074
薛　逢
  送庆上人归湖州因寄道儒座主………………………076
李商隐
  酬令狐郎中见寄………………………………………078
严　恽
  惜　花………………………………………………081
罗　隐
  霅溪晚泊寄裴庶子……………………………………083
陆龟蒙
  自遣诗三十首（其一）………………………………085
韦　庄
  酬吴秀才霅川相送……………………………………088
杜荀鹤
  送人宰德清……………………………………………090
吴　融
  湖州晚望………………………………………………092

郑谷
　　寄献湖州从叔员外 …………………………………… 094
无名氏
　　湖州里谚 ………………………………………………… 097

宋　元

张　先
　　虞美人 …………………………………………………… 101
　　定风波令 ………………………………………………… 104
　　木兰花　乙卯吴兴寒食 ………………………………… 105
梅尧臣
　　雪　上 …………………………………………………… 107
欧阳修
　　送胡学士知湖州 ………………………………………… 109
文　同
　　寄题湖州沈秀才天隐楼 ………………………………… 111
司马光
　　送章伯镇知湖州 ………………………………………… 113
曾　巩
　　寄孙莘老湖州墨妙亭 …………………………………… 115
王安石
　　送周都官通判湖州 ……………………………………… 117

林希
  吴　兴 119

苏轼
  将之湖州戏赠莘老 121
  游道场山何山 123
  南歌子 _{湖州作} 125
  定风波 126

黄庭坚
  送莫郎中致仕归湖州 129

秦观
  雪上感怀 131

米芾
  将之苕溪戏作呈诸友（其一） 133

晁补之
  惜分飞 _{别吴作} 136
  水龙吟 _{别吴兴至松江作} 137

毛滂
  蓦山溪 139

葛胜仲
  临江仙 141

叶梦得
  水调歌头 143

水龙吟……………………………………………… 145
汪　藻
　　湖州长兴县大雄寺陈霸先故宅天嘉中所植桧柯叶
　　苍然其中空洞皮脉仅存而已…………………… 147
沈与求
　　江城子……………………………………………… 149
张元幹
　　浣溪沙……………………………………………… 151
胡　仔
　　满江红……………………………………………… 153
王十朋
　　仲冬释奠于学同诸公登稽古阁观弁山望太湖阅壁上题
　　名诵范文正公吴兴先生富道德诜诜弟子皆贤才之句… 155
倪　称
　　蝶恋花……………………………………………… 157
范成大
　　濯缨亭在吴兴南门外……………………………… 160
杨万里
　　舟过德清…………………………………………… 162
　　宿新市徐公店（其一）…………………………… 163
沈　瀛
　　满江红……………………………………………… 165

辛弃疾
　　渔家傲　湖州幕官作舫室 …………………………… 167
姜　夔
　　下菰城 ………………………………………………… 169
　　惜红衣 ………………………………………………… 170
　　琵琶仙 ………………………………………………… 172
汪　莘
　　访杨湖州（其一）……………………………………… 174
居　简
　　忆　雪 ………………………………………………… 176
吴　潜
　　卜算子 ………………………………………………… 178
吴文英
　　瑞龙吟　德清清明竞渡 ……………………………… 180
　　惜红衣 ………………………………………………… 182
韦居安
　　摸鱼儿 ………………………………………………… 184
周　密
　　乳燕飞 ………………………………………………… 186
戴表元
　　湖州（其一）…………………………………………… 190

赵孟𫖯
　　题苕溪绝句……………………………………… 192
管道昇
　　渔父词四首（其二）…………………………… 194
杨维桢
　　漫成五首（其四）……………………………… 196

明　清

张　羽
　　约徐隐君幼文同隐吴兴………………………… 201
袁宏道
　　叹　镜…………………………………………… 203
范景文
　　赏新茶…………………………………………… 205
陈子龙
　　吴兴四首（其三）……………………………… 207
朱彝尊
　　由碧浪湖泛舟至仁王寺饭句公房……………… 209
严遂成
　　姚薏田秀才 所居莲花庄，即赵承旨鸥波亭故址 ………… 211
徐以泰
　　书船（节选）…………………………………… 213

阮　元
　　吴兴杂诗（其一）………………………………… 215
朱祖谋
　　芳草渡………………………………………………… 217

参考文献……………………………………………… 219
后　记………………………………………………… 224

浙江诗话

先唐

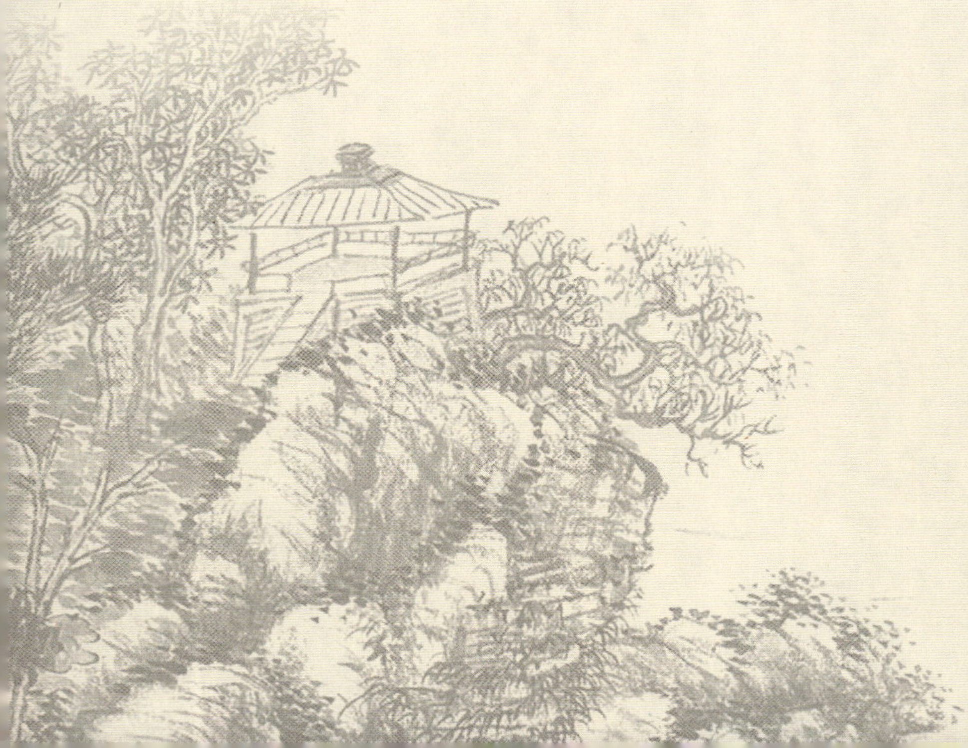

石　勋

　　石勋,字子才,东汉清河甘陵(今河北清河)人,堂邑令费凤舅父之孙。费凤去世后,石勋疾驰而至乌程(今湖州)吊丧,"不堪哀且思",写下"叙之诗一篇",并刻碑立石,即《费凤别碑》。此碑与《汉故梁相费泛碑》《汉故堂邑令费凤君碑》合称"三费碑"。宋熙宁五年(1072),湖州知州孙觉收藏于墨妙亭,后碑与亭俱亡。

费凤别碑(节选)[1]

闻君显令名,举宗为欢喜。

不悟奄忽终,藏形而匿景。[2]

耕夫释耒耜,桑妇投钩筥。[3]

道阻而且长,望远泪如雨。[4]

策马循大路,褰裳而涉洧。[5]

悠悠歌黍离,黄鸟集于楚。[6]

惴惴之临穴,送君于厚土。

嗟嗟悲且伤,每食□不绝。[7]

夫人笃旧好，不以存亡改。

文平感渭阳，凄怆益以甚。[8]

诸姑咸擗踊，爰及君伯姊。

孝孙字元宰，生不识考妣。[9]

追惟厥祖恩，蓬首斩衰杖。[10]

世所不能为，流称于乡党。

见吾若君存，剥裂而不已。

一别会无期，相去三千里。

绝翰永忼慨，泣下不可止。

（《先秦汉魏晋南北朝诗·汉诗》卷五）

注　释

[1] 费凤（113—约175），字伯箫，吴郡乌程县（今湖州）人。梁相费汛之长子。汉安二年（143）举孝廉，拜为郎中，先后为新平、故郚县长，终为堂邑县宰。宋赵明诚《金石录》："右《汉费君碑阴》，云：君讳凤，字伯箫，梁相之元子，九江太守之长兄也。世德袭爵，银艾相亚。又云：君践郡右职，三贡献计。……汉安二年，吴郡太守东海郭君以君有委蛇之节，自公之操，年三十一，举孝廉，拜郎中，除陈国新平长，遂宰堂邑。其后为五字韵语。词颇古雅，而时时残缺，不可次叙。其前题'君舅家中孙甘陵石勋字子才所述'云。"　　[2] 不悟：不料。奄

忽：疾速。出自《韩诗外传》"奄忽龙变，仁义沉浮"。匿景：消失，比喻人去世。景，同"影"。　　[3]耒耜（sì）：古代的农具。钩筥：女性采桑的工具。这两句形容人民纷纷怀念费凤。　　[4]道阻而且长：指道路曲折漫长，出自《诗经·秦风·蒹葭》"溯洄从之，道阻且长"。[5]搴裳涉洧（wěi）：出自《诗经·郑风·搴裳》，意思是提起衣裳渡河，表达急切赶路前来探望的意思。　　[6]黍离：出自《诗经·王风·黍离》"彼黍离离"。黄鸟：出自《诗经·秦风·黄鸟》。两典故表达对贤者逝世的哀伤。以下写及费凤家人的情况。　　[7]此处原文有缺字。[8]渭阳：出自《诗经·秦风·渭阳》，表示甥对舅的情谊。　　[9]考妣：去世的父母。　　[10]斩衰：古代不加修饰以尽哀痛服期三年的礼仪。

赏　析

　　这是一首五言纪事诗。诗歌夹叙夹议，质朴而平实。原诗前有小序，间有三言、四言，介绍了费凤生平事迹。本篇节选部分内容描述了费凤去世之后，人们纷纷怀念他，作者怀着悲痛的心情匆匆赶来为亲人送葬，直至送到埋葬的墓穴。诗歌又转而描述费凤的夫人、子弟和女儿、孙子的情况，追述亡者德行，展露无限哀思。作者想到与费氏亲族别后，相距有三千里，更增加了伤感。原诗出于《隶释》。

沈　充

沈充（？—约324），字士居，吴兴武康（今属浙江德清）人。东晋初以雄豪闻于乡里。与王敦交结，任王敦荆州军大都督。王敦病死后，沈充举兵，兵败被杀。沈充富于资财，铸小五铢，世称"沈郎钱"，又广蓄歌妓，自度曲，歌舞为一时之盛。湖州地方歌舞文化传统由此传承不绝。《苕溪渔隐丛话》引《大唐传载》，称德清县"南朝习乐之处，今尚有数百家习音乐。江南声伎多自此出，所谓舞出前溪者也"。

前溪歌（其七）[1]

前溪沧浪映，通波澄渌清。[2]

声弦传不绝，千载寄汝名。

永与天地并。

（《先秦汉魏晋南北朝诗·晋诗》卷一九）

注　释

[1] 作者一说为晋车骑将军沈玩。前溪：水名，在今湖州市德清县武康街道。《太平寰宇记》："前溪在县西，古永安县前之溪也。晋沈充家

于此溪，乐府有《前溪曲》，即充所制。"前溪又称余英溪，余英溪流经旧武康县治前的一段即被称为前溪。清《武康县志·山川总叙》载："前溪者，武康邑治之前溪也。源出铜岘，两岸桃花十余里，春水时至，乱红蔽流，皆花英也，故名余英。" [2]澄渌：清澈、清净。

赏　析

　　这是一首男子用于对答的爱情诗。语言朴素，辞意直白。《前溪歌》共七首，都是男女恋歌，度曲可唱。七首诗歌两首为一组，分别由男女对唱，其中黄葛、黄瓜各一组。这一首是以男子口吻对答。前一首女子口吻的诗是这样的："忧思出门倚，逢郎前溪度。莫作流水心，引新都舍故。"表达了女子对男子喜新厌旧的担心。本诗男子作答，先以前溪水清澈描述起兴，进而夸奖女子唱歌美妙，传诵不绝。最后自己表白：我会牵系你的名字一千年，我们的感情天长地久。

鲍　照

鲍照（414—466），字明远，东海（今山东临沂）人。南朝文学家，世称"鲍参军"，与北周庾信并称"鲍庾"。他受到临川王刘义庆赏识，出任中书舍人、秣陵令等职。因卷入皇权与宗室之间的矛盾，又遭同僚构陷，被贬官。大明五年（461）到吴兴入临海王刘子顼幕，为军府佐，掌书记之任。次年七月，刘子顼徙任荆州刺史，鲍照作为征虏参军随其赴荆州任，离开吴兴。后在荆州死于乱兵。鲍照在吴兴的约一年时间里，写了《吴兴黄浦亭庾中郎别》《自砺山东望震泽》《盛侍郎饯候亭》等诗。鲍照的诗体裁多样，七言和杂言乐府在诗史上影响深远。与谢灵运、颜延之同创"元嘉体"，合称"元嘉三大家"。

吴兴黄浦亭庾中郎别[1]

风起洲渚寒，云上日无辉。

连山眇烟雾，长波迥难依。[2]

旅雁方南过，浮客未西归。[3]

已经江海别，复与亲眷违。[4]

奔景易有穷，离袖安可挥。[5]

欢觞为悲酌，歌服成泣衣。[6]

温念终不渝，藻志远存追。[7]

役人多牵滞，顾路惭奋飞。[8]

昧心附远翰，炯言藏佩韦。[9]

（《鲍照集校注》卷六）

注　释

[1]黄浦亭：在今湖州市吴兴区妙西镇。庾中郎：庾永，任从事中郎。这首诗为诗人在吴兴黄浦亭送别庾中郎回京之作，时间当在孝武帝大明五年（461）秋天。当时诗人在吴兴任临海王刘子顼军府参军。
[2]眇：迷茫不清。迥：遥远。　　[3]浮客：游子。　　[4]违：离别。
[5]奔景：飞驰而过的景致。　　[6]觞：敬酒或自饮。　　[7]温念：亲切的思念。藻志：高洁的志向。存追：追念。　　[8]役人：指自己。顾：瞻顾。　　[9]昧心：违心。远翰：寄往远方的书信。韦：熟皮，性柔韧。佩韦：《韩非子》载："西门豹之性急，故佩韦以自缓。"古人以佩韦提醒自己不可性情急躁。后常比喻有益的规劝。钱振伦注："庾归而鲍不得归，别时庾必有慰藉之言。故鲍云同为客而昧心送先得归者，聊用子言，以当佩韦，庶归心不至于过急也。"

赏　析

这是一首送别诗。诗歌开始以送别时的景色写起：秋日北风寒气袭人，阴云密布，云烟缭绕，山峦层叠。随后写大雁南飞，

明　沈周　春江送别图

联想到自己尚不能归乡。诗人之前刚刚从被贬黜中解脱出来，经历过别离的痛苦。"奔景"以下四句，写送别饮宴、临别难舍难分的复杂心情，"温念"二句写内心高洁志向终不改变。再以"役人"二句描述自己，感慨"奋飞"之难与时光流逝不能有所作为。最后以对方的慰藉之言，安慰自己回归平淡、不要急切为结尾。全诗感情真挚而生动。其中"温念""藻志"等词汇，钟嵘《诗品》论为"善制形象写物之辞"。

沈 约

沈约（441—513），字休文，吴兴武康（今属浙江德清）人。南朝宋时为奉朝请、郢州外兵参军。齐时官征虏记室、太子家令、著作郎、国子祭酒。为南梁开国功臣。入梁为尚书仆射、中书令、尚书令，封建昌县侯。死后谥为隐，后人称"沈隐侯"。沈约才学渊博，文史兼长，又精通音律，创"四声八病"之说，时号"永明体"，对律诗的形成与发展具有极大的影响。著有《宋书》《四声谱》《宋文章志》等，诗文辑为《沈隐侯集》。沈约少年避难离开吴兴，但是对家乡始终怀着深厚感情，诗歌中时有显现。

赠沈录事江水曹二大使诗（其一）[1]

伊我洪族，源浚流长。[2]

奕奕清济，代有兰芳。[3]

允兹二秀，挺干朝阳。[4]

于彼原隰，徽命是将。[5]

（《全汉三国晋南北朝诗·全梁诗》卷四）

注　释

[1]诗作于南齐建武元年（494）。录事、水曹：俱为官职名。沈录事疑为沈文季，江水曹当为江祏，南齐初任尚书水部郎。《南史·齐本纪下》："建武元年十一月，诏遣大使观省四方。"齐明帝派沈录事、江水曹二人到地方巡察，沈约赠之以诗。全诗五章，这是其中第一章。　[2]伊：发语词。洪族：大族。前四句作者追溯自己家族历史。吴兴沈氏自东汉初沈戎说降强贼尹良，封海昏侯，辞而不受，徙居乌程县余不乡（今浙江德清），代出英豪。事见《宋书·自序》。　[3]奕奕：高大的样子。《诗经·大雅·韩奕》："四牡奕奕。"兰芳：喻贤人。《楚辞·招魂》："兰芳假些。"　[4]允：果真。《诗经·大雅·公刘》："廆居允荒。"二秀：指沈录事、江水曹二人。　[5]于彼原隰：在那广阔的原野上。《诗经·小雅·皇皇者华》："于彼原隰。"徽命：天命。是将：遵奉。意谓鼓励二人在巡察各地的工作任上完成使命，执行好朝廷任务。

赏　析

　　这是一首临行赠别的四言诗。建武元年十一月，沈录事、江水曹二人受命前往地方执行巡察任务，沈约写诗赠之。诗歌前四句追溯吴兴沈氏家族历史源远流长，历代都有杰出的贤人。后四句是沈约对二人赞美，并提出殷切期望。诗歌大量引用《诗经》《楚辞》典故，风格雍容，典丽刚正。

柳 恽

柳恽（465—517），字文畅，河东解县（今属山西运城）人，南朝齐梁时期著名诗人。官至侍中。参与竟陵文学集团，与沈约等共同定新律，对"永明体"贡献颇多。天监二年到天监六年（503—507），以及天监十一年到天监十六年（512—517），柳恽两次出任吴兴太守，前后任职十一年。其间与吴兴地方士人交结，拔擢吴均为郡主簿，"为政清静，人吏怀之"，人称"柳吴兴"。他是史料记载的湖州第一位地方主官，又是知名文学家，对湖州地方文化产生了巨大影响。

江南曲 [1]

汀洲采白蘋，日暖江南春。[2]

洞庭有归客，潇湘逢故人。[3]

故人何不返，春花复应晚。

不道新知乐，只言行路远。[4]

（《全汉三国晋南北朝诗·全梁诗》卷七）

注 释

[1]江南曲：乐府旧题，原是乐府《相和歌》的曲名，《江南弄》七曲之一。
[2]汀洲：指水中的陆地。白蘋：水草名，谷雨时始生，夏秋间开小白花。湖州东南汀洲遂因柳恽此诗而名为白蘋洲。嘉泰《吴兴志》卷一三："白蘋洲，在湖州府霅溪东南。梁太守柳恽《江南曲》：汀洲采白蘋，日暮江南春。后人因以名洲。唐大历十一年刺史颜真卿始蕲榛导流，作八角亭。又为茅亭，书恽诗于上。贞元十五年，刺史李锜作大亭一，小亭二。名曰白蘋。开成三年，刺史杨汉公复疏四渠，浚二池，立三园，建五亭，以还颜公之旧。白居易为记。《续图经》云：白居易记云：柳守滥觞之，颜公榷轮之，杨公绘素之。"唐以后，白蘋洲遂成为重要的中国诗学文化意象。　　[3]洞庭：太湖中有洞庭山。潇湘：最早见于《山海经·中山经》："澧沅之风交潇湘之浦。"潇湘不单意指今湘水，而是被诗人们用作泛化的地域名称。　　[4]新知：结交的新欢。

赏 析

　　这是一首以吴兴为背景的五言乐府诗。诗歌情意切切，哀婉而不伤。风和日丽，女子在汀洲采蘋。应回归的丈夫久客不归，可能是在外面某个地方（潇湘）结交了新欢吧？为什么还不回来呢？面对发问，游子不说有了新欢，只以路途遥远为由搪塞。全诗语气委婉，怨而不怒，极具隽永、清雅情思。王夫之《古诗评选》评该诗："含吐曲直，流连辉映，足为千古风流之祖。"

吴 均

吴均（469—520），字叔庠，吴兴故鄣（今浙江安吉）人。出身贫寒，性格耿直，好学有俊才。受沈约、柳恽等赏识，柳恽为吴兴太守时，被征为主簿。后获知于建安王萧伟，转荐于梁武帝，任为待诏，累升至奉朝请。著作甚多，大多亡佚。为文清拔，工于写景，诗亦清新，多反映社会现实，为时人仿效，号称"吴均体"。诗文辑为《吴朝请集》，名篇如《与施从事书》《与朱元思书》等，脍炙人口。

同柳吴兴何山集送刘余杭[1]

王孙重离别，置酒峰之畿。[2]

逶迤川上草，参差涧里薇。

轻云纫远岫，细雨沐山衣。[3]

檐端水禽息，窗上野萤飞。

君随绿波远，我逐清风归。

（《先秦汉魏晋南北朝诗·梁诗》卷一〇）

注 释

[1]何山：在今湖州市吴兴区道场乡。乾隆《湖州府志》卷四："何山，在府城南十四里。晋何楷读书于此，后为本郡太守，故名。宋汪藻《何氏书堂记》：过何山如造高人之庐。沈括《地志》云：何山亦曰金盖山。晋何楷居此习儒业。楷后为吴兴太守，改金盖山为何山。山口有次山，曰金口山，今曰何口山。"刘余杭：刘姓的余杭官员。时余杭县属吴兴郡。
[2]王孙：代指柳恽。峰之畿：山峰的近处。畿，古代指靠近国都的地方，有"近"的意思。　　[3]山衣：山上的花草树木。

赏 析

　　这是一首五言赠别诗，堪称送别诗中的杰作。全诗仅"重别离"三字写情，以下皆为摹景。诗人由"川上草""涧里薇"写到"轻云""细雨"，又写到檐上的水禽、窗前的野萤，目之所及均为寻常细微之景，但属对工切且用语清新，色彩淡雅且风致超然。末尾两句，以"君随绿波"和"我逐清风"之对比，突出空间之愈行愈远与心理之难舍难分，更是颇见巧思，余味悠长。整首诗意境幽远、情感真挚，语言清新流丽，恬淡脱俗。

浙江诗话

唐五代

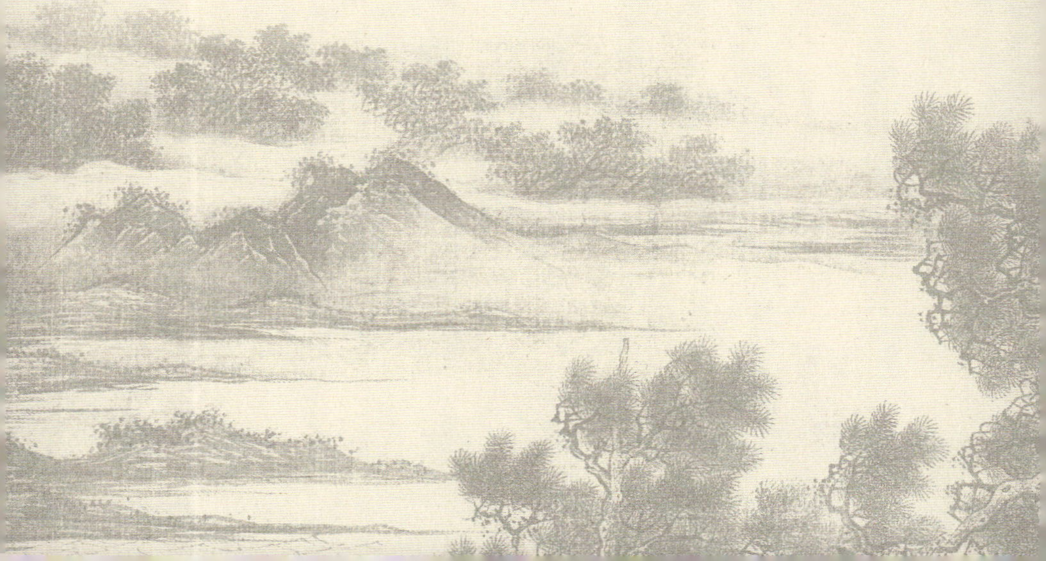

王昌龄

王昌龄（698—756），字少伯，京兆长安（今陕西西安）人。开元十五年（727）进士及第。官江宁丞，世称"王江宁"；又贬龙标尉，又称"王龙标"。安史之乱起，为濠州刺史闾丘晓所杀。著有《王昌龄集》。其《太湖秋夕》是唐诗中较早咏及太湖之作。

太湖秋夕

水宿烟雨寒，洞庭霜落微。[1]

月明移舟去，夜静魂梦归。

暗觉海风度，萧萧闻雁飞。[2]

（《王昌龄集编年校注》卷三）

注 释

[1]水宿：夜泊湖上。洞庭：太湖有四十八岛屿，连同沿湖山峰、半岛，号称"七十二峰"。东洞庭山与西洞庭山为其中著名者。　[2]海风：即湖风。古人云太湖水接东海，且湖水广阔，风起浪涌如同海浪，故称。萧萧：形容大雁飞起时的声音。

赏　析

　　诗写作者在一个秋夜泊舟太湖的情景。举目四望，湖面烟水辽阔，雾霭沉沉，洞庭山头已落微霜。诗人乘着月色划动小船，寻到一处幽静之所停了下来。他静卧于舟中，半梦半醒间，似觉梦魂随风，回到了千里之外的家乡。还未及分辨明朗，又觉海风扑面，雁声萧萧，思绪被拉回到眼前。诗歌到此戛然而止，给读者留下丰富的想象空间。全诗语言清新隽永，意境朦胧幽微，言有尽而意无穷，含蕴深长，耐人寻味。

清　徐枋　太湖烟波图

李 白

李白（701—762），字太白，号青莲居士，祖籍陇西成纪（今甘肃天水附近），出生于中亚碎叶城。五岁随父迁居绵州昌隆县（今四川江油）青莲乡。天宝元年（742），被玄宗召入长安为翰林供奉，因称"李翰林"。在长安，大诗人贺知章一见，叹为"谪仙人"，从此号为"诗仙"。安史之乱起，因参加李璘幕府，被牵累而长流夜郎，途中遇赦。晚年漂泊东南一带，病卒于当涂。有《李太白全集》三十卷。李白与杜甫并称"李杜"。李白多次漫游浙东，据以下引诗，可能曾途经湖州。

答湖州迦叶司马问白是何人[1]

青莲居士谪仙人，酒肆藏名三十春。

湖州司马何须问，金粟如来是后身。[2]

（《李白全集编年笺注》卷八）

注 释

[1]迦叶：天竺姓氏。司马：唐代州佐官。　[2]金粟如来：佛教中维摩诘大士的前身。

赏　析

　　"三十春"者，非谓李白时年三十，而是混迹于酒肆已三十年。李白《对酒忆贺监》诗序云："太子宾客贺公（知章）于长安紫极宫一见余，呼为谪仙人。""谪仙人"是一个带有道教色彩的赞语，其中包含了贺知章个人的道教喜好，也为李白本人和他的朋友们津津乐道。唐代诗人大都兼崇儒道，这是唐朝开放的时代风气使然。李白的独特之处在于，他谈论佛道教义，往往是随方应酬的一种自我表现手段，也是他浪漫主义品格的理论依据。诗信口而答迦叶司马之问，谐而有趣。林莽注评《李白诗词选》云："冲口而出，一气直下，清高自负之气，痛快豪爽之情，跃然纸上，真是闻其声如见其人。"从这首诗中还可窥见，湖州从盛唐时期始，就已经与李白这样的杰出诗人开启了互动。

颜真卿

颜真卿(709—784),字清臣,京兆万年(今陕西西安)人,祖籍琅玡临沂(今山东临沂)。唐代名臣、书法家。曾任平原太守,人称"颜平原";封鲁郡公,又称"颜鲁公";官至吏部尚书、太子太师,又称"颜太师"。大历八年(773)春至大历十二年(777)八月,颜真卿任湖州刺史,居湖五年,是湖州诗会的领袖人物。他与本地诗僧皎然和隐居于此的"茶圣"陆羽交好,还聚集了一大批文士,编订《韵海镜源》,开展诗歌雅集,修筑三癸亭,留下了《湖州帖》等书法精品,于湖州文学发展和文化建设贡献颇多。

谢陆处士杼山折青桂花见寄之什 [1]

群子游杼山,山寒桂花白。

绿荑含素萼,采折自逋客。[2]

忽枉岩中诗,芳香润金石。

全高南越蠹,岂谢东堂策。[3]

会惬名山期,从君恣幽觌。[4]

(《唐五代诗全编》卷二三四)

注　释

[1]陆处士：即陆羽。杼山：在今湖州市吴兴区妙西镇。乾隆《湖州府志》卷四："高三百尺，周一千二百步。颜真卿《杼山妙喜寺碑铭》：昔夏后杼巡狩之所。晋张玄之《吴兴山墟名》：吴兴有墟，名东张。地形高爽，山阜四周，即此山也。其山胜绝，游者忘归。亦名稽留山。"什：篇章。　[2]逋客：指避世之人或者隐士，此处借指陆羽。　[3]南越蠹（dù）：即桂蠹，寄生在桂树上的虫子。指代寄生虫一样的官员。东堂：晋武帝时铨选于东堂对策，后成为试院的代称。　[4]觌（dí）：相见，这里指观赏。

赏　析

诗写于大历八年，是颜真卿在湖州刺史任上的第一年。陆羽同诸位友人在杼山游赏，见寒山之上的青桂花生得可爱，就折取下来，并赋诗寄赠颜真卿，颜真卿回赠此诗以表答谢之情。陆羽采摘的这枝桂花，绿色的叶片衔着洁白的花萼，色彩明媚，香味扑鼻；陆羽所赠之诗，更是沁润心田，比那些读书不明义理和看似长于策问的人不知要强多少倍。末二句以与友人恣意游赏山水的期待之情收束全篇，表达了诗人对悠游闲适生活的向往。

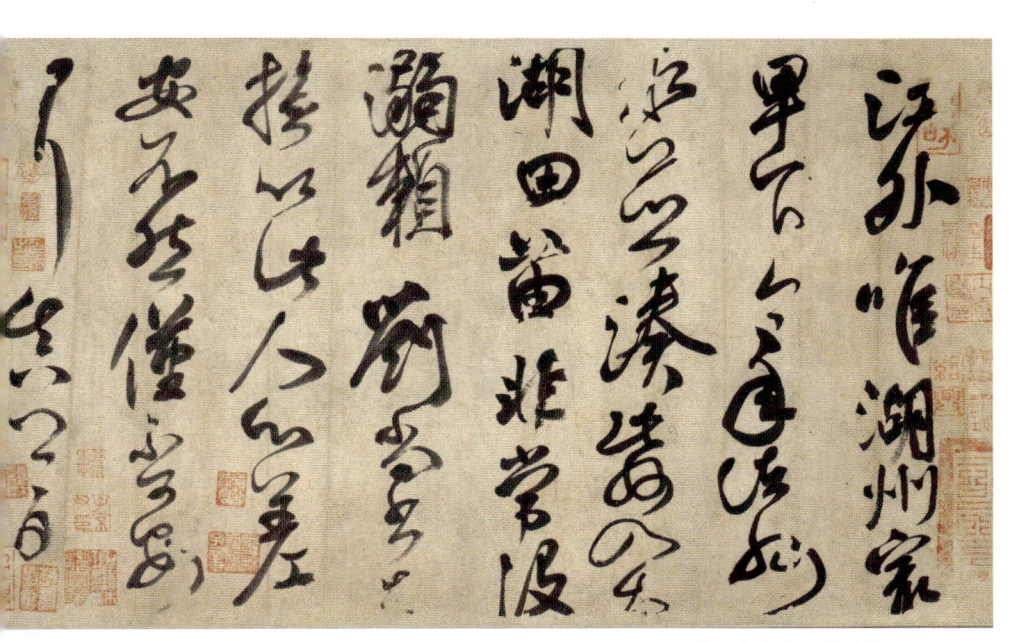

唐　颜真卿　湖州帖

皎　然

皎然（约720—约800），法名清昼，俗姓谢，湖州长城（今浙江长兴）人。早年勤学，出入经史百家，中年慕神仙，皈依佛教。从杭州灵隐寺僧守直受戒，复居湖州杼山妙喜寺。与清江并称"会稽二清"。有《杼山集》。安史之乱起后皎然避地家乡，与来湖文士广泛结交，诗歌酬唱不断。他是大历年间浙西诗会的领袖人物，与颜真卿等人共同推动了中唐湖州的诗歌发展和文化建设。他还是惜茶爱茶、精于茶道之人，与"茶圣"陆羽共同引领湖州茶风。皎然对禅、茶、诗共融的湖州文化生态的建构有着不凡之功。

寻陆鸿渐不遇 [1]

移家虽带郭，野径入桑麻。[2]

近种篱边菊，秋来未着花。[3]

扣门无犬吠，欲去问西家。

报道山中去，归时每日斜。[4]

（《杼山集》卷一）

注　释

[1]陆鸿渐：陆羽，字鸿渐。　[2]移家：迁居。带：靠近。郭：外城城墙。
[3]着花：开花。　[4]报：回答。

赏　析

　　这是一首寻人不遇的诗。诗人好友陆羽移家苕溪之畔，专注茶事。他的住处离城不远，但很幽静。沿着野外的小径一路走去，穿过桑麻丛便看到了大门。门外的菊花，似乎是搬来后刚栽种的，所以虽已入秋还未见花开。诗人举手扣门，也不闻鸡犬之声。欲要就此离去，想想还是问一问隔壁的邻居吧。"陆羽啊，他到山中去了，每天早早地出门，直到傍晚才回来呢。"邻人如是说。诗人会心一笑，知他定是为山中的那些茶而去。诗歌语言平淡晓畅，明白如话，未有一字正面描写陆羽，但陆羽脱尘绝俗的形象已然呼之欲出。黄周星《唐诗快》评曰："只如未曾作诗，岂非无字禅耶？"又，黄生《唐诗摘钞》云："极淡极真，绝似孟襄阳笔意。"

同颜使君真卿李侍御萼游法华寺登凤翅山望太湖 [1]

　　双峰开凤翅，秀出南湖州。[2]
　　地势抱郊树，山威增郡楼。
　　正逢周柱史，来会鲁诸侯。[3]

缓步凌彩蒨,清铙发飕飕。[4]

披云得灵境,拂石临芳洲。[5]

积翠遥空碧,含风广泽秋。

萧辰资丽思,高论惊精修。[6]

何似钟山集,征文及惠休。[7]

(《杼山集》卷一)

注　释

[1]李萼(735—?),本名华。安史之乱中客居清河,献计时任平原太守的颜真卿大破叛军。后曾任杭州富阳丞。大历八年至十二年(773—777)任湖州防御副使。参与修撰《韵海镜源》,并参与皎然等人的诗会联唱。法华寺:乾隆《湖州府志》卷九:"在弁山东麓石斗山。《樊川丛话》:齐尼道迹,字总持,达摩法嗣。居山诵《法华经》,昼夜不辍,如是二十年。圆寂后,即葬其处。梁大同元年塔内忽生青莲花,有司录实奏闻,敕建法华寺。《法华寺志》:道迹每持经,时有白雀旋绕,若听法状。又称白雀寺。"嘉泰《吴兴志》卷一三:"寺有偃松、九曲池、流杯亭、望湖亭。"凤翅山:乾隆《湖州府志》卷四载:"在府城西北凤凰山右。自此而西,即弁山矣。"　[2]南湖州:因为湖州在太湖之南,故有此说。　[3]周柱史:"柱史"为"柱下史"的省称,老子曾为周柱下史,此处指李萼,因其与老子同姓李。鲁诸侯:指颜真卿,颜真卿琅玡人,春秋时属鲁国地。　[4]彩蒨(qiàn):秋冬不凋之草。清铙:清越的铙声。铙,打击乐器。

[5] 披云：拨开云层。　[6] 萧辰：秋季。　[7] 惠休：南朝宋高僧，俗姓汤。常与鲍照游，诗歌赠答。

赏　析

该诗约作于大历十年（775）秋，三位诗人一同登山望湖，乘兴赋诗。前四句以宏观视角着眼，一"开"一"出"，极尽动态之美，仿佛整个湖州的灵秀之气，都随着凤山的展翅扑面而来。"地势""山威"亦显大气磅礴之势。接着细述游赏所见，他们脚踏秋冬不凋的芳草，耳闻清越动听的天籁，在这如同灵境的地方披云拂石、听风看水，就已经十分美妙了！更何况，还能听到友人精妙的高论，这次第，怎能不教人击节称叹、发诸歌咏呢？

舟行怀阎士和[1]

二月湖南春草遍，横山渡口花如霰。[2]

相思一日在孤舟，空见归云两三片。

（《杼山集》卷二）

注　释

[1] 一说此诗为李冶所作。阎士和：字伯钧，居湖州横山，与皎然为方外交。受业于萧颖士，有《兰陵先生诔》《萧夫子集论》等。又，《全唐诗》卷七九四收录严伯均与皎然联句诗，或为同一人。明徐献忠《吴兴掌故集》

卷二："阎士和，乌程横山人。皎然有《舟行怀寄》诗一首，道场山下有归云庵，得名盖出此诗。"明徐象梅《两浙名贤录》卷四五："阎士和，乌程横山人。以诗名于时，隐居不仕，结庵道场山下，名之曰归云庵，与僧皎然为方外交。"包何、李嘉祐与阎士和有诗歌唱酬，李冶诗《送阎二十六赴剡县》又见其与阎士和之恋情。　　[2]湖南：指湖州之南，或今碧浪湖之南。杜牧有《湖南正初招李郢秀才》，李郢和作《和湖州

明　宋旭　湖州十八景图·归云庵

杜员外冬至日白蘋洲见忆》，可知唐代所谓湖南，有在湖州者，而非全谓潇湘。横山：又称衡山，在今湖州市吴兴区道场乡菰城村北。乾隆《湖州府志》卷四："在府城南十六里，金盖山东。"《左氏春秋》载：襄公三年，"楚子重伐吴。为简之师，克鸠兹，至于衡山"。杜预注："在乌程县南。"即此地。霰：水蒸气在高空遇到冷空气后凝结成的小冰粒。

赏 析

这是一首七言绝句赠别诗。诗歌意境悠远，情真意切，别具韵味。诗从描绘别离场景写起，初春二月，春草如茵，横山渡口送别处，花开极小，如霰一般。想想分别之后，我要整天在船上想你，不见其人，就只能羡慕天上归云两三片。据传后世为此诗而于道场山下建归云庵，成为明代孙一元依托所在，成就另一段佳话。

钱　起

钱起（约722—780），字仲文，湖州乌程人（今湖州）。"大历十才子"之冠，又与郎士元并称"钱郎"。天宝十载（751）进士，他参加进士考试时，所作《省试湘灵鼓瑟》诗，被誉为"亿不得一"的绝唱。官至考功郎中，世称"钱考功"。诗文辑为《钱考功集》。钱起出身吴兴钱氏望族，出仕后长年离家，但从其诗中仍可见湖州文化对他潜移默化的影响。

题精舍寺[1]

胜景不易遇，入门神顿清。

房房占山色，处处分泉声。

诗思竹间得，道心松下生。

何时来此地，摆落世间情。[2]

（《钱起集校注》卷四）

注 释

[1]精舍寺：在今湖州市吴兴区埭溪镇莫家栅后旦自然村。乾隆《湖州府志》卷九："在府城西南施渚上疆村。陈永定中，青州刺史管聚舍宅建。唐大中元年改为禅院。"　　[2]摆落：脱离。

赏 析

　　诗写吴兴精舍寺风景。诗人开篇即赞叹这里有着难得一遇的胜景，又以"神顿清"中的一个"清"字直抒给人的主观感受。接着铺叙开来，"房房""处处"二句对仗工整，写山色泉声之饶，一"分"一"占"两个动词，用得极妥帖。这里松竹交翠，绿意盎然，不仅发人诗思，而且使人获得心灵的宁静，忘却俗世的烦恼。怪不得诗人要感叹，何时才能长居于此！

刘长卿

刘长卿（约726—约789），字文房，瀛州河间（今河北河间）人，一说宣州（今安徽宣城）人。玄宗时进士及第，官至随州刺史，世称"刘随州"。诗文辑为《刘随州集》。刘长卿任睦州司马期间，有《却归睦州至七里滩下作》等著名诗篇。又有《送陶十赴杭州摄掾》《奉送贺若郎中贼退后之杭州》等作品。其间在浙江新安、桐庐、越州等地往来频繁。

苕溪酬梁耿别后见寄[1]

清川永路何极，落日孤舟解携。[2]

鸟向平芜远近，人随流水东西。[3]

白云千里万里，明月前溪后溪。

惆怅长沙谪去，江潭芳草萋萋。[4]

（《刘长卿诗编年笺注》）

注　释

[1] 苕溪：水名，流经湖州城区。《元和郡县志》卷二六："霅溪水：一名大溪水，一名苕溪水。西南自长城、安吉两县东北流至州南，与余

不溪水、苎溪水合,又流入于太湖。"《太平寰宇记》卷九四:"霅溪,在县东南一里。凡四水合为一溪:自浮玉山曰苕溪,自铜岘山曰前溪,自天目山曰余不溪,自德清县前北流至州南兴国寺前曰霅溪。东北流四十里合太湖。字书:霅者,四水激射之声也。"湖州又有霅溪,与西苕溪同源,皆出自天目山,经杭州北入湖州,有安溪、湘溪、余英溪、埭溪汇入,北流经湖州城入太湖。三国虞翻注《禹贡》"震泽底定"称:"南通霅溪。"顾长生《三吴土地记》:"有霅溪水,至深。昔徐陵《孝义碑》云:清霅泫泫,深穷地根。"可知其名称由来已久。苕溪、霅溪二水横贯,流经湖州,又有霅川、霅水、霅上、苕上之称,或合称苕霅,后世常以此代称湖州。　　[2]永路:长途,远路。　　[3]平芜:草木丛生的平旷原野。　　[4]长沙谪去:西汉贾谊遭受排挤被贬长沙,后人借指才高被贬。

赏　析

　　暝色起愁、日暮叹远,日暮时分的江畔离亭,是送别诗中的重要场域。"落日孤舟"式的意象组合方式,更是刘长卿送别诗中典型的美学特色。这是一首形式较为独特的六言诗。从内容来看,诗乃寄赠同在贬所的梁耿。重经故地,诗人忆起此前与朋友分别,也是在这茫茫无际的清江之上,眼看载着友人的一叶孤舟随落日远去。诗写得十分巧妙,"鸟向平芜"和"人随流水"中的两个动词,看似用得随意,实则蕴藏了感情色彩——鸟儿尚且可以自主地向着自己想去的方向,诗人却不得不屈从于命运的安排,随波浮沉。"千里万里""前溪后溪",运用表方位和距离的词语,与"白云""明月"两个意象叠加,来显示时间的变化和空间的位移。"白云"飘忽不定,如同在舟中沉浮不定的诗人自身;明月朗照则更显凄凉,可以照亮的是眼前的行路,难以照亮的是诗人的心路。

明　宋旭　湖州十八景图·吕山汇

顾 况

顾况（约727—约816），字逋翁，自号华阳山人，苏州海盐（今浙江嘉兴海盐）人。肃宗至德二载（757）进士。官至著作郎，贬饶州司户参军。有《顾况集》行世。贬官时途经苏州、杭州、睦州、信州，与当地刺史韦应物、房孺复、刘太真相唱和。顾况妻是湖州人，因此不免经常来游。贞元十五年（799）为湖州刺史李词作《湖州刺史厅壁记》，称述湖州"江表大郡，吴兴为一"，"虽临淄之富不若也"云云。

题梨花睡鸭图

昔年家住太湖西，常过吴兴罨画溪。[1]

水阁筠帘春似海，梨花影里睡凫鹥。[2]

（《全唐诗补编·全唐诗续拾》卷二二）

注 释

[1] 罨（yǎn）画溪：在湖州长兴县西。《吴兴备志》卷一五："合溪、画溪、箬溪本同一溪。其发源处为合溪，有朱藤处为画溪，其下为箬溪。"合溪、罨画溪、箬溪实际为一水分段名称，因纵贯长兴，常用以指代长兴或湖州。　[2] 筠（yún）帘：即竹帘。凫鹥（yī）：凫和鸥，泛指水鸟。

赏　析

　　这是一首题画诗。诗人前二句说起自己当年居家太湖畔,时常来往于罨画溪的过往时光,以一种讲故事的口吻徐徐道来,引人入胜。后二句写景,水阁、筠帘、梨花、凫鹥,构成了一幅春意盎然、恬淡惬意的图景。诗歌笔调婉约细腻、清新雅致,仅用二十八个字,一幅色彩明媚、风光旖旎、令人神往的江南水乡生态图就已如在读者眼前。诗歌反映出诗人闲适愉悦的心情,传达了对吴兴山水发自内心的赏爱。

明　宋旭　湖州十八景图·合溪市

李 冶

李冶（约730—784），字季兰，湖州乌程（今湖州）人。与薛涛、鱼玄机、刘采春并称"唐代四大女诗人"。李冶童年即显诗才，六岁咏蔷薇诗，有"经时未架却，心绪乱纵横"句。后出家为女道士。与皎然、陆羽、刘长卿、朱放、阎伯均等人交游。晚年被召入宫中。因曾上诗叛将朱泚，被德宗下令乱棒扑杀。宋人陈振孙《直斋书录解题》著录《李季兰集》一卷，已失传。今存诗十六首。刘长卿称她为"女中诗豪"。高仲武《中兴间气集》评曰："形器既雄，诗意亦荡。自鲍照以下，罕有其伦。"

寄校书十九兄[1]

无事乌程县，蹉跎岁月余。
不知芸阁吏，寂寞竟何如？[2]
远水浮仙棹，寒星伴使车。[3]
因过大雷泽，莫忘八行书。[4]

（《唐五代诗全编》卷三八三）

注　释

[1]诗题一作《寄校书七兄》。校书：校书郎。　[2]芸阁：藏书处，指唐秘书省。　[3]仙棹：神话中能够往来海上与天河之间的船，后借称行人所乘之舟。　[4]大雷：水名，即雷池，在今安徽望江。南朝宋诗人鲍照有《登大雷岸与妹书》。

赏　析

　　诗写给将在朝担任校书郎的"十九兄"。作者并不从离别写起，而是先似乎漫不经意地交待了自己的景况——无事蹉跎，百无聊赖。转而又说起对方入朝后之寂寞，此为想象之辞。不说自身之寂寞，反从"十九兄"方面设想，是古典诗歌中常用的"推己及人"写法。继而再写"十九兄"的行程。"远水"写水程，"使车"谓陆程，又以"仙棹""寒星"形容之，水陆兼程，披星戴月，暗喻旅途之劳顿辛苦。结句用鲍照大雷寄妹事，以表兄妹相思之情，贴切自然且言轻意重。诗歌语言晓畅，写景淡远，用事精当，洵为佳作。

张志和

张志和（732—774），初名龟龄，字子同，号玄真子，祖籍婺州金华（今浙江金华），生于长安（今陕西西安）。唐代隐士、诗人。隐于湖州苕霅间，与颜真卿、陆羽相交。大历九年（774）八月，颜真卿召集众人举行诗酒文会，多达六十余人参与此次聚会，大家置酒奏乐张舞，作画赋诗填词。颜真卿《浪迹先生玄真子张志和碑铭》云："玄真命各言爵里、纪年、名字、第行，于其下作两句题目，命酒以蕉叶书之，援翰立成，潜皆属对，举席骇叹。竟陵子因命画工图而次焉。"张志和颇负盛名的《渔歌》就作于此时。

渔 歌 [1]

西塞山边白鹭飞，桃花流水鳜鱼肥。[2]

青箬笠，绿蓑衣，斜风细雨不须归。

（《唐五代诗全编》卷三五八）

注 释

[1] 诗题一作《渔父》。　[2] 西塞山：在今湖州市西。见王兆鹏《张志和〈渔父〉词的西塞山考实》，《文学遗产》2024年第1期。边：一作"前"。桃花流水：桃花盛开的季节正是春水盛涨之时，俗称桃花

汛或桃花水。

赏 析

　　浙江水网纵横，渔业资源丰富，渔事是浙江唐诗中的经典内容，故而渔父也不可避免地成为浙江唐诗中频繁出现的人物形象。作者将视点聚焦在湖州西塞山畔，描画出一幅幽美典雅的浙北湖山风光图。又据诗意可知，呈现的是岸边石矶垂钓的渔父形象。全篇仅二十七字，张志和以其词人之心和画家之眼，将他在西塞山前所见青山、碧水、白鹭、鳜鱼、桃花、渔父囊括其中，仿佛信手拈来，却又显得那么自然流畅，勾勒出诗画一体的江南意境，开创了后世渔父词的先河。此后，在中国诗学中还形成了独特的"西塞"意象，使以湖州为代表的唐代浙北风光名闻天下。此诗甚至东传至日本，日本嵯峨天皇作《渔歌》相和。

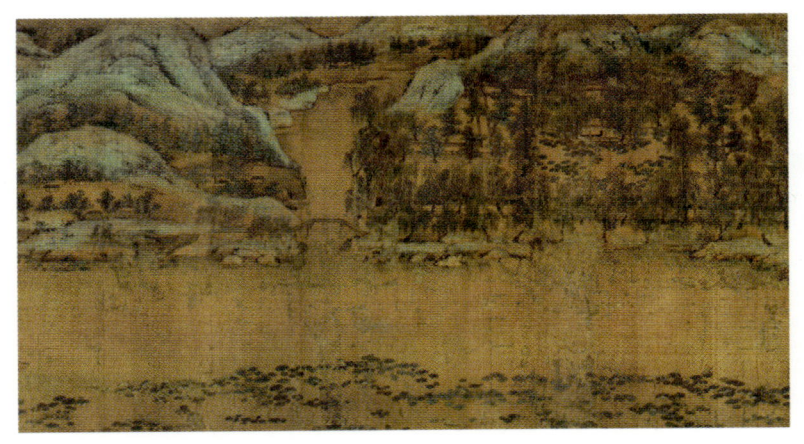

宋　李结　西塞渔社图（局部）

孟 郊

孟郊（751—814），字东野，湖州武康（今属浙江德清）人。与韩愈为忘年交，并称"韩孟"，有"孟诗韩笔"之称。又与贾岛齐名，同为苦吟诗人的代表，人称"郊寒岛瘦"。贞元十二年（796），四十六岁时中进士。五十岁任溧阳尉，后毅然辞官，奉母归武康。后经郑馀庆之荐任职河南水陆转运从事，试协律郎。晚年多在洛阳度过。元和九年（814），赴兴元府任官，行至阌乡县不幸暴疾而卒。私谥贞曜先生。

游子吟 [1]

慈母手中线，游子身上衣。

临行密密缝，意恐迟迟归。[2]

谁言寸草心，报得三春晖。[3]

（《孟郊集校注》卷一）

注 释

[1] 游子吟：属乐府杂曲歌辞。诗题下作者自注："迎母溧上作。"可知是贞元十六年（800）孟郊在溧阳尉任上，把武康家中的母亲接到溧

阳时所作。据嘉泰《吴兴志》，孟氏旧居在武康县西一里处。　　[2]意恐：担心。　　[3]三春晖：春天的阳光。三春，农历正月为孟春，二月为仲春，三月为季春，合称三春。

赏　析

　　诗人在任所恭迎老母，念起以往离家前母亲为其缝制衣服的场景，心生感慨。诗人将平凡而又伟大的母爱，通过缝衣这样一件小事展现得淋漓尽致。"密密缝"和"迟迟归"形成鲜明的对照，两处叠字的运用可谓巧妙，将母亲对游子的绵绵情意传达得十分到位。又以阳光和小草的关系，比喻母爱之博大和难以为报，生动贴切。诗人用的是极为质朴无华的语言，传达的却是最为真切动人的感情，因此成为家喻户晓的经典名篇。明代邢昉《唐风定》论曰："仁孝蔼蔼，万古如新。"高棅《唐诗品汇》评云："千古之下，犹不忘淡，诗之尤不朽者。"

张 籍

张籍（约766—约830），字文昌，和州乌江（今属安徽和县）人。德宗贞元十五年（799）登进士第。历任水部员外郎、主客郎中、国子司业等职，世称"张水部"或"张司业"。诗文辑为《张司业集》。张籍于贞元十二年（796）夏秋间自北方南归，游湖州、杭州、剡溪等地，在湖与时任刺史李锜交游，有《舟行寄李湖州》《霅溪西亭晚望》等诗。

霅溪西亭晚望[1]

霅水碧悠悠，西亭柳岸头。
夕阴生远岫，斜照逐回流。[2]
此地动归思，逢人方倦游。
吴兴耆旧尽，空见白蘋洲。[3]

（《张籍集系年校注》卷二）

注 释

[1]西亭：南朝梁柳恽任吴兴太守时建。颜真卿有《西亭记》。　[2]夕阴：傍晚阴晦的气象。远岫：远山。　[3]耆旧：年高望重者，此指柳恽、

皎然、颜真卿等人。

赏　析

　　诗写作者来游湖州所见所感。如清人曹锡彤《唐诗析类集训》所说："前二韵以雪亭晚望言，后二韵以溪望感怀言。"晚望所见者，有远山，有碧水，有垂柳，有斜阳。所见之景是流动的。从远山生出的夕阴，是随时间的逝去有着晦明变化的；那追逐着回流的斜阳，也是随诗人的思绪有着上下起伏的。溪亭所感者，有对漂泊的倦怠，有对家乡的思念，有对前人的缅怀，所感之怀是复杂的。羁旅之愁、乡土之思、古今之叹，都在这一刻盘桓萦绕在诗人心头。诗歌情景谐和，意味隽永，是难得的佳作。今湖州市飞英公园有"飞英八景"，其中"西亭晚晴"即由此诗得名。

明　董其昌　溪山亭子图

白居易

白居易（772—846），字乐天，晚号香山居士，又号醉吟先生。祖籍太原，华州下邽（今陕西渭南）人。贞元十六年（800）进士及第。历官翰林学士、江州司马、杭州刺史等，以太子少傅分司东都，在洛阳度过晚年。有《白氏长庆集》。白居易长庆二年（822）七月自中书舍人任杭州刺史，至四年（824）五月除太子左庶子分司东都。他在杭州留下了不朽的功绩，疏浚西湖，修建白堤，受到杭州百姓爱戴。因地理之便，与先后担任湖州刺史的钱徽、崔玄亮，时任越州刺史的老友元稹异地唱和，一时传为佳话。湖州精舍寺、箬下酒、顾渚茶会等，都因他的诗作而增辉。

寄题上彊山精舍寺 [1]

惯游山水住南州，行尽天台及虎丘。

惟有上彊精舍寺，最堪游处未曾游。

（《白居易诗集校注·外集》卷上）

注 释

[1] 上彊山：即上强山，在今湖州市吴兴区埭溪镇。精舍寺：遗址在今湖州市吴兴区埭溪镇后旦自然村。

赏　析

　　诗人欲要赞美上彊精舍寺，偏偏先拉出天台山和虎丘寺作为陪衬。行遍江南山水，看尽天台、虎丘美景，却仍有遗憾——"最堪游"的精舍寺还没去过呢！天台被今人称为"唐诗之路目的地"，因其与佛道二教的密切联系吸引了众多诗人来游，在唐人心中有着崇高的地位。白居易却认为精舍寺更堪一游。但他既发此感慨，却又未言明因何而有如此之感慨。宋人葛立方《韵语阳秋》对这个问题作了解释："湖州上彊精舍寺有陈朝观音，殷仲容书寺额，三门高百尺，谓之三绝。又池有金鲫鱼，数年一现，故白乐天诗有'惟有上彊精舍寺，最堪游处未曾游'之句。"殷仲容乃初唐书法家，善篆、隶，尤精于榜书题额。从葛氏所述，知精舍寺集各类胜景于一身，无怪乎居易对未能一游耿耿于怀。

夜闻贾常州崔湖州茶山境会想羡欢宴因寄此诗 [1]

　　遥闻境会茶山夜，珠翠歌钟俱绕身。[2]

　　盘下中分两州界，灯前合作一家春。

　　青娥递舞应争妙，紫笋齐尝各斗新。

　　自叹花时北窗下，蒲黄酒对病眠人。[3]

（《白居易诗集校注》卷二四）

注 释

[1]贾常州：常州刺史贾𫗧。崔湖州：湖州刺史崔玄亮。茶山：即顾渚山，在湖州与常州交界处。湖州长兴县顾渚山紫笋茶自唐代始为贡品。陆羽《茶经》："浙西以湖州上，常州次。湖州生长兴县顾渚山中。"嘉泰《吴兴志》卷一八："长兴，贡茶院，在西四十五里。唐贞元十七年刺史李词置。""贞元五年置合溪焙、乔冲焙，岁贡凡五等，第一陆递，限清明到京，谓之急程茶。……每造茶时，两州刺史亲至其处。"　　[2]境会：在边界上聚会。珠翠：身着珠翠的歌儿舞女。歌钟：伴唱的编钟，指代歌乐之声。　　[3]蒲黄酒：药酒，有活血散瘀之效。诗人自注云："马坠损腰，正劝蒲黄酒。"

赏 析

此诗作于宝历二年（826），时白居易在苏州刺史任上。顾渚紫笋在陆羽、皎然等人的推动下成为唐代贡茶。此后，每岁春三月，湖、常二州刺史都要亲赴茶山督造贡茶，在两州临界举行官方茶会也成为一项传统。诗人想象茶会现场笙歌妙舞、品茶斗茶盛大而热闹的场景，对自己因伤而未能前往表示遗憾。诗歌语言质朴生动，描述极富画面感，读来朗朗上口。

明　文徵明　品茶图

刘禹锡

　　刘禹锡（772—842），字梦得，祖籍洛阳，出生于苏州嘉兴（今浙江嘉兴）。贞元九年（793）进士及第。贞元末年参与"永贞革新"，失败后屡遭贬谪。晚年迁太子宾客、分司东都。有《刘梦得文集》。刘禹锡与白居易并称"刘白"，与柳宗元并称"刘柳"。宝历、大和年间，刘禹锡与先后在湖州刺史任上的崔玄亮、韩泰交游往来。除以下所选诗，集中又有《寄湖州韩中丞》《酬杨八庶子喜韩吴兴与余同迁见赠》《蒙恩转仪曹郎依前充集贤学士举韩湖州自代因寄七言》《酬湖州崔郎中见寄》《奉酬湖州崔郎中见寄五韵》等。

湖州崔郎中曹长寄三癖诗自言癖在诗与琴酒其词逸而高吟咏不足昔柳吴兴亭皋陇首之句王融书之白团扇故为四韵以谢之[1]

　　视事画屏中，自称三癖翁。[2]

　　管弦泛春渚，旌旆拂晴虹。[3]

　　酒对青山月，琴韵白蘋风。[4]

　　会书团扇上，知君文字工。[5]

（《刘禹锡全集编年校注》卷六）

注 释

[1]曹长：本义为尚书列曹长官，唐代指尚书左右丞、尚书侍郎、尚书郎中。亭皋陇首：吴兴太守柳恽《捣衣诗》云："亭皋木叶下，陇首秋云飞。"　[2]视事：指官吏到职办公。画屏：有图画的屏风，借指风景优美。　[3]旌旆：旗帜。　[4]白蘋：指白蘋洲。　[5]文字：此指诗歌。

赏 析

　　诗作于宝历二年（826）春，崔郎中指时任湖州刺史的崔玄亮。据白居易为崔氏所写墓志铭："（玄亮）征拜刑部郎中，谢病不就。俄改湖州刺史……在湖三岁。"据诗题可知，崔玄亮寄诗给禹锡，称述自己诗琴酒"三癖"，乃朋友间的雅趣。惜玄亮诗今已不存。诗琴酒素来与文人墨客关系密切，禹锡好友白居易亦称："今日北窗下，自问何所为？欣然得三友，三友者为谁？琴罢辄举酒，酒罢辄吟诗。三友递相引，循环无已时。"赋诗、饮酒、鸣琴，虽然都是文人的日常生活，但一经本人发诸吟咏，又平添了几分雅趣。

洛中逢韩七中丞之吴兴口号五首（其四）[1]

骆驼桥上蘋风起，鹦鹉杯中箬下春。[2]

水碧山青知好处，开颜一笑向何人？

（《刘禹锡全集编年校注》卷七）

注　释

[1] 口号：随口吟成，同"口占"。　[2] 骆驼桥：在今湖州城内人民路南端，又名迎春桥，古代为拱桥。乾隆《湖州府志》卷一四："在府治东南霅溪上。唐垂拱元年造。《太平寰宇记》：以桥形似骆驼之背，故以名之。《西吴里语》：又名迎春桥，以其直迎春门也。"蘋风：拂过水面的微风。宋玉《风赋》："风生于地，起于青蘋之末。"形容微风乍起。鹦鹉杯：传说中仙家的酒杯。箬下春：箬下酒，产于湖州长兴的美酒。《太平寰宇记》："韦昭《吴录》云：乌程箬下酒，有名。山谦之《吴兴记》云：上箬、下箬村，并出美酒。顾野王《舆地志》云：夹溪悉生箭箬，南岸曰上箬，北岸曰下箬。二箬，村名。村人取箬下水酿酒，醇美胜于云阳。俗称箬下酒。"《元和郡县志》："长城县箬溪水，酿酒最酽，称箬下酒。《吴录》：长城箬下酒，出箬溪。南曰上箬，北曰下箬。村人取水以酿酒，醇美胜云阳。《吴兴记》：下箬酿酒尤佳。"

赏　析

该诗寄赠作者好友韩泰。嘉泰《吴兴志》卷一四《郡守题名》载："韩泰，大和元年七月三日自睦州刺史拜。"又据诗题可知，韩泰自睦州去任后曾召至长安,经洛阳道往湖州赴任,与刘禹锡偶遇,刘禹锡即兴创作了这组诗相赠。二人在贞元十一年(795)同登吏部第,后又同为"永贞革新"被贬的"八司马"之一,情谊深厚。刘禹锡设想韩泰到湖州以后的情形:在微风乍起的凉夜,举起掇满箨下美酒的酒杯,空对着绝胜的山水,将欲开口而笑,却不见其人。通过勾勒这样一幅想象中的图景,诗人想要表达的是对朋友的依依惜别之情。

明　陈洪绶　蕉林酌酒图(局部)

施肩吾

施肩吾,睦州分水(今属浙江桐庐)人,又作湖州人。[1] 宪宗元和十五年(820)登进士第。因好道教神仙之术,隐于洪州西山。施肩吾工诗,风格奇丽,好为冶游香艳之词。有《施肩吾诗集》。

安吉天宁寺闻磬 [2]

玉磬敲时清夜分,老龙吟断碧天云。

邻房逢见广州客,曾向罗浮山里闻。[3]

(《唐五代诗全编》卷六七九)

注 释

[1]施肩吾的籍贯,明代董斯张《吴兴备志》卷三三有辩证称:"唐施肩吾之为湖人,《掌故集》据晁公武《读书志》载之。《严州志》谓肩吾分水人,与同邑徐凝同举进士,学仙隐。洪以书招凝,莫知所终。其裔施宪家藏及第告身,题'乡贡进士施肩吾,年三十五岁,注睦州分水县桐岘乡宝城里,身为寄客。习《礼记》《杂文》《时务防》'。据'寄客'二字,当从吴兴迁耶。"由此考据,施肩吾家本湖州人,后迁徙睦州分水。　[2]天宁寺:建于陈永定三年(559),系武宣章皇后故宅,元代赵孟頫题有寺额"天宁万寿禅寺"。1917年,天宁寺改建中学校舍。

[3] 罗浮山：在今广东博罗。

赏　析

　　诗人夜宿天宁寺，在这清静、寂寥的夜晚，忽听得一声响遏行云的龙吟！仔细分辨，原来是寺中的玉磬之声。声音是如此激扬和清妙！这极大地激发了诗人一探究竟的好奇心，故他迈出了房门。正巧遇到邻房的客人，客人称来自广州。又说，上次听到这样美妙的磬声，还是在那罗浮山中呢！诗人通过生动的比喻，将磬声刻画得如在耳畔。又借"广州客"之口，通过侧面描写进行强化，使读者更加信服。可谓构思精巧，引人入胜。

　　施肩吾喜写夜半时分景象，对静夜中的声音似乎尤为敏感。他描述自己夜登四明山的经历，说"相呼已到无人境，何处玉箫吹一声"，说"至今忆得卧云时，犹自涓涓在人耳"，说"长忆去年风雨夜，向君窗下听猿时"，又说"下视不知几千仞，欲晓不晓天鸡声"。他在暗夜中听泉声、听猿啼、听鸡鸣，自然界的天籁，在他笔下最是动人。

杨汉公

杨汉公（785—861），字用乂，虢州弘农（今河南灵宝）人。中唐文学家。元和八年（813）进士，历官天平军节度使、荆南节度使、宣武军节度使。文宗开成三年（838）三月到湖州刺史任，政绩颇著，开凿乌程县北蒲帆塘，在白蘋洲"疏四渠，浚二池，树三园，构五亭"。在湖期间有《明月楼》《登郡中消暑楼寄东川汝士》等诗。

明月楼[1]

吴兴城阙水云中，画舫青帘处处通。[2]

溪上玉楼楼上月，清光合作水晶宫。[3]

（《唐五代诗全编》卷五一一）

注　释

[1]明月楼：湖州州治有明月楼。乾隆《湖州府志》卷七："唐贞元十三年建。"嘉泰《吴兴志》卷一三："在子城西南隅。知州事徐仲谋《会景楼记》云：台门而西，至明月楼，建已久矣。""明月一楼，独峙西南隅，为虎踞之形，合阴阳家之说。""唐人范传正《正月十五夜玩月》诗，有'风凄城上楼'，'月满庾公楼'，'夕照下西楼'之句，指言此楼。"宋代毁于火。　[2]画舫：装饰华美的游船。青帘：借指酒家。　[3]水

晶宫：又作水精宫，唐宋以来湖州的别称。嘉泰《吴兴志》卷一三："吴兴山水清远，城据其汇。骚人墨客，状其景者曰水晶宫，曰水云乡，曰极乐城。"

赏　析

  前二句以登上明月楼写起，望见吴兴郡城的全貌。吴兴郡城如一座水云间的城市，酒坊间画舫穿梭，逶迤百转。继而写到明月楼本身，溪水、玉楼与明月，在夜色中和谐相融、浑然一体。后二句以虚笔见情志，将明月楼比喻成水晶宫，表达了诗人不以贬谪外任牵怀。杨汉公进士及第后，在朝累官司封郎中。因兄虞卿为牛僧孺党党魁而受牵连，外任湖州。这首诗就写于其刺湖期间。全诗意境优美，写景清新，诗中"水晶宫"的独到比喻，更是逐渐成为水乡吴兴的代名词。

李 贺

　　李贺（790—816），字长吉，河南府福昌县（今河南宜阳）人。因避父晋肃之讳，不应进士科考试，仅曾官奉礼郎。作品在诗史上独树一帜，被称为"李长吉体"，其中不乏咏及江南风物者。他曾与吴兴才子沈亚之交好。元和十年（815），二十六岁的李贺南游，来浙江后先到湖州，与及第后归家省亲的沈亚之往来，有诗相赠。

追和柳恽[1]

汀洲白蘋草，柳恽乘马归。

江头樝树香，岸上蝴蝶飞。[2]

酒杯箬叶露，玉轸蜀桐虚。[3]

朱楼通水陌，沙暖一双鱼。

（《李长吉歌诗编年笺注》卷五）

注 释

[1]追和：和前代人之作。柳恽曾为吴兴太守，此喻友人沈亚之。　　[2]樝（zhā）：同"楂"。指蔷薇科山楂、野山楂一类的植物。　　[3]箬叶

露：即箸下酒。玉轸（zhěn）：琴上的玉制弦柱。

赏　析

  此诗是诗人南游湖州访沈亚之夫妇时所作。李贺以追和柳恽诗为名表达了对湖州胜景的赞叹，对沈氏夫妇的感谢与祝福。前四句以写景为主，通过汀洲白蘋、江头楮树、江岸蝶舞等意象再现了柳恽《江南曲》之诗境。后四句寓情于景，通过诗酒琴音体现友人设宴的雅致，表达对友人热情款待的感谢之情，又以"沙暖一双鱼"为喻祝福友人夫妻幸福。诗人将情感含蓄地隐于用典与写景之中，景中含情且巧合典故。刘辰翁评本诗"甚不草草"，"用柳恽句意，颇跌宕，景语亦近自然。末句有夫妻之乐也"，可谓切中肯綮。

清　董诰　春溪泛舟图

送沈亚之歌 并序

　　文人沈亚之，元和七年以书不中第，返归于吴江。吾悲其行，无钱酒以劳，又感沈之勤请，乃歌一解以送之。[1]

吴兴才人怨春风，桃花满陌千里红。

紫丝竹断骢马小，家住钱塘东复东。[2]

白藤交穿织书笈，短策齐裁如梵夹。[3]

雄光宝矿献春卿，烟底蓦波乘一叶。[4]

春卿拾才白日下，掷置黄金解龙马。[5]

携笈归江重入门，劳劳谁是怜君者。

吾闻壮夫重心骨，古人三走无摧捽。[6]

请君待旦事长鞭，他日还辕及秋律。[7]

(《李长吉歌诗编年笺注》卷五)

注　释

[1]勤请：再三请求。一解：乐曲的一章，这里指一首诗。　[2]紫丝竹：指马鞭。骢马：青白色的马。钱塘东复东：湖州在钱塘江以东，沈亚之所居地再往东即是。　[3]书笈：书箱。梵夹：佛经。佛经多用贝叶书写，以板夹之，称梵夹。　[4]雄光宝矿：闪闪发光的宝贵矿石，比喻沈亚之所写短策。春卿：礼部考官。蓦：越过。　[5]掷置：抛弃。　[6]古

人三走：用春秋时管仲事，他三次做官，三次罢官；三次打仗，三次败走。摧挫（zuó）：挫伤。　　[7]还辕：回车，指再来应试。秋律：秋天。

赏　析

　　友人沈亚之落第归家，诗人赋诗赠行。诗人对朋友的不幸遭遇表示深切同情，指责考官的失职行为，认为将沈亚之这样的人才弃之不取，如同丢弃"黄金"，放走"龙马"。他还勉励朋友不要灰心，再来应试。诗歌语言华美、用典贴切、情感真挚。沈亚之出身湖州沈氏望族，唐诗中对这位"吴兴才人"称述颇多。杜牧刺湖州时，曾至亚之旧居小敷山（又称福山）一带凭吊前贤，有《沈下贤》诗云："斯人清唱何人和？草径苔芜不可寻。一夕小敷山下梦，水如环佩月如襟。"李商隐也有《拟沈下贤》诗，表达对他的仰慕之情。

周 朴

周朴(？—879），字见素，湖州人。唐末诗人。因战乱寓居福州，寄食于乌石山寺。性喜吟诗，尤尚苦涩。与婺州诗僧贯休，睦州方干、李频为诗友。宋代文学家欧阳修在《六一诗话》中评价："如周朴者构思尤艰，每有所得，必极其雕琢，故时人称朴诗月锻季炼，未及成篇，已经播人口。"

董岭水[1]

湖州安吉县，门与白云齐。
禹力不到处，河声流向西。[2]
去衙山色远，近水月光低。[3]
中有高人在，沙中曳杖藜。[4]

（《唐五代诗全编》卷八四〇）

注 释

[1]董岭水：在湖州安吉县西南六十里，岭上有水源，分东西流，东者流入宣州宁国县，西者流入安吉县。　[2]禹力：指大禹治水使水东流。
[3]去：距离。衙：县门。　[4]藜：野生植物，茎坚韧，可为杖。

吴昌硕　"湖州安吉县门与白云齐"印

赏　析

诗写湖州安吉县董岭水。前二句说安吉县门与云齐，禹力不及，河水西流，可谓与世隔绝。后二句写安吉山色、水色、月色相映照，自然风光奇美，隐居于其中自在逍遥。诗歌语言朴素而生动，展现出董岭水奇异的、世外桃源般的自然和人文之美，表达了诗人身处乱世对和平宁静生活的向往。"禹力"二句，承接上文，对此处的独特水文现象作了有意味的解释，乃一篇中佳句。清人黄周星《唐诗快》评曰："划然异境，忽若天开！"关于此二句，还有趣闻流传。《唐诗别裁》中写周朴本人亦对此二句颇为得意，一骑驴士佯诵"河声流向东"，周朴为纠正他直追数里，被时人传为笑谈。

许 浑

　　许浑（约788—约860），字用晦，一字仲晦，润州丹阳（今江苏丹阳）人。文宗大和六年（832）登进士第，官至郢、睦二州刺史。有《丁卯集》。许浑曾多次前往浙江，早年曾游越中，登天台山。晚年任睦州刺史，在杭州作《九日登樟亭驿楼》《子陵钓台贻行侣》等诗。在湖州作《霅上》《湖州韦长史山居》《送人归吴兴》《送上元王明府赴任》《伤故湖州李郎中》等。

霅　上[1]

山断水茫茫，洛人西路长。
笙歌留远棹，风雨寄华堂。[2]
红壁耿秋烛，翠帘凝晓香。[3]
谁堪从此去，云树满陵阳。[4]

（《丁卯集笺证》卷二）

注　释

[1]诗题一作"霅上宴别"。霅上：即霅溪。　[2]棹：船桨。　[3]耿：明亮。　[4]陵阳：吴兴别名之一，源于三国孙吴。《三国志补注》引《吴

兴记》曰："西陵山，在乌程县北二十一里。吴太子和葬乌程北山，皓即祚，追尊文皇帝，陵曰明陵。陵在山西，故名。"吴兴在其南，故名陵阳。

赏　析

前两句写山水茫茫，归途之长。中四句具体描绘了宴别的场景：笙歌悠远，风雨凄凄，秋烛翠帘，不堪离去。末二句以抒发作者对友人的依依惜别与不舍之情作结。全诗描绘了一幅迷蒙幽远的离别场景，诗人寓情于景，随着视线由远及近再及远，情感层层递进，将离愁写得悠远深长。《丁卯集笺注》评价："格局缜密，词调悠扬，佳作也。"

明　宋旭　湖州十八景图·玉台峰

张文规

　　张文规,生卒年不详,蒲州猗氏(今山西临猗)人。德宗朝宰相张弘靖之子,《历代名画记》作者张彦远之父。工书法。历拾遗、补阙。会昌元年至三年间(841—843)官湖州刺史,累转吏部员外郎,官终桂管观察使。今湖州长兴老鸦窝有张文规题诗摩崖,诗题名曰《题五公泉》。

吴兴三绝[1]

蘋洲顿觉池沼俗,苎布直胜罗绮轻。[2]

清风楼下草初出,明月峡中茶始生。[3]

吴兴三绝不可舍,劝子强为吴会行。[4]

(《唐五代诗全编》卷四五四)

注　释

[1]吴兴三绝:指湖州的白蘋洲、苎布和紫笋茶。　　[2]苎(zhù)布:用苎麻的茎皮纤维做原料织成的布帛。罗绮:泛指精美的丝织品。
[3]清风楼:在湖州子城,是唐代督贡紫笋茶官吏的居室。明月峡:嘉泰《吴兴志》载:"明月峡,在长兴县顾渚侧,二山相对,壁立峻峭,

大涧中流，巨石飞走，断崖乱石之间茶茗丛生，最为绝品。"　[4]吴会：东汉时分会稽郡为吴郡、会稽二郡，合称吴会，后亦泛称此两郡故地为吴会。

赏　析

　　这是一首赞美湖州地方风物的诗歌。诗人在白蘋洲见过柳恽、皎然等人的清风雅韵，便觉天下其他池沼都显得格外庸俗；穿过湖州苎布制作的衣裳，也颇觉得比罗绮裁制的更为轻便舒适。清风楼下春草初生，明月峡中新茶吐芽，都让人充满了期待。诗人最后发出感叹：吴兴三绝是万万不能错过的，有机会定要来走一走，领略湖州好风光。

　　全诗旨在赞美吴兴三绝之妙，通过对比、夸张等手法，展现三绝之"绝"。诗歌语言清丽自然，语气活泼欢快，寥寥数言，便道出了湖州风味。

湖州贡焙新茶

凤辇寻春半醉回，仙娥进水御帘开。[1]

牡丹花笑金钿动，传奏吴兴紫笋来。[2]

（《唐五代诗全编》卷四五四）

注　释

[1]凤辇：皇帝的车驾。寻春：春游。仙娥：宫廷中的美貌女子，指宫女。
[2]金钿：女子头上戴的金银饰品。紫笋：湖州出产的紫笋茶。

赏　析

　　诗写湖州进贡的紫笋茶送至皇宫时的热闹场景。外出寻春的皇帝刚刚回宫，就听到宫女们迫不及待传来的消息，原来是一年一度的紫笋茶送到了！大家脸上无不洋溢着欢快的笑容，期待尝上那么一口。顾渚紫笋成为唐代贡茶，始于陆羽向御史大夫、浙西观察使李栖筠作推荐。"山僧有献佳茗者，会客尝之，野人陆羽以为芬香甘辣，冠于他境，可荐于上。栖筠从之，始进万两，此其滥觞也。"大历五年（770），长兴设立第一家官焙贡茶院。《元和郡县图志》记录了贡茶盛况："贞元以后，每岁以进奉顾山紫笋茶，役工三万人，累月方毕。"《南部新书》："唐制，湖州造茶最多，谓之顾渚贡焙。"后来袁高刺湖，督造贡茶，有感于贡茶给茶农带来的沉重负担，作《茶山诗》与紫笋茶一同上贡，才缓解了百姓们的困苦。湖州唐诗中以贡茶为主题者颇多，如前引白居易茶会诗，还有杜牧《题茶山》、李郢《茶山贡焙歌》等。

朱庆馀

　　朱庆馀，生卒年不详，名可久，字庆馀，越州（今浙江绍兴）人。宝历二年（826）进士，官至秘书省校书郎。朱庆馀曾作《近试上张水部》呈给水部员外郎张籍，张籍《酬朱庆馀》称赞他"一曲菱歌敌万金"。他与张籍、姚合、章孝标等诗人交游，还与嘉兴顾非熊、处州严郎中、衢州祝秀才、台州郑员外等人往还。大和二年（828）担任湖州刺史韩泰的幕僚，有《湖州韩使君置宴》。

吴兴新堤

春堤一望思无涯，树势还同水势斜。[1]

深映菰蒲三十里，晴分功利几千家。[2]

谋成既不劳人力，境远偏宜隔浪花。

若与青山长作固，汀洲肯恨柳丝遮。[3]

（《唐五代诗全编》卷六八五）

注　释

[1]树势：树木的形状、长势。　[2]菰：俗称"茭白"，可作蔬菜，菰米可作饭。　[3]肯恨：岂恨。汀洲：指白蘋洲。

清　黄鼎　长堤曳杖图

赏　析

　　诗写作者在新近修筑的吴兴堤坝上所见所感。诗人登临送目，只见骀荡的春风中，林木随着水势蜿蜒倾斜，春水澄碧，菰蒲深映，绿意满眼。这样一座堤坝的建成，不仅美化了环境，更为重要的是，它可以惠泽成千上万的人家啊！若是能和青山一样不朽，谁又会怨这堤上的柳枝遮住了远方的白蘋洲呢？诗歌音韵谐和，语言晓畅，不仅向读者描绘了新堤的如画美景，更为可贵的是，还反映出这一时期湖州水利建设的发展。

杜 牧

杜牧(803—852),字牧之,京兆万年(今陕西西安)人。大和二年(828)进士及第,又登贤良方正能直言极谏科。历官淮南节度使掌书记、湖州刺史、中书舍人。有《樊川文集》。与李商隐齐名,合称"小李杜"。杜牧曾官睦州刺史,作《睦州四韵》《秋晚早发新定》等诗,又作《杭州新造南亭子记》等文。杜牧两次来湖,在宣城做幕僚时就曾来湖游玩,大中四年(850)七月到大中五年(851)八月又在湖州任刺史。在湖所作诗,涉及自然风光、民俗风情等多个方面,又与李郢、严恽等人交游,互有唱和。

入茶山下题水口草市绝句 [1]

倚溪侵岭多高树,夸酒书旗有小楼。[2]

惊起鸳鸯岂无恨,一双飞去却回头。

(《杜牧集系年校注·樊川文集》卷三)

注 释

[1] 水口:在今湖州市长兴县水口乡,唐代在此置贡茶院。草市:商品贸易的场所。　[2] 夸酒书旗:酒旗上写着夸说美酒的文字。

赏 析

诗作于大中五年（851）杜牧在茶山督造贡茶时。首二句写此地山环水绕、林木茂密，又有酒旗随风、酒香招人。后二句通过一对鸳鸯被惊飞后，又回头顾盼的细节描写，表现出诗人的留恋之情。一个"恨"字，尤其值得玩味，到底是鸳鸯之恨，还是人之恨呢？诗人夸酒却不直接写酒，说人被美酒吸引不忍离去，却偏偏只写鸳鸯，可谓思致精巧而意境全出。

叹 花

自恨寻芳到已迟，往年曾见未开时。

如今风摆花狼藉，绿叶成阴子满枝。[1]

（《杜牧集系年校注·樊川文集》卷三）

注 释

[1]狼藉：散乱、零散的样子。

赏 析

诗题一作《怅诗》。《唐摭言》记载了关于此诗的一则轶事：杜牧在宣城沈传师幕府中时，曾来游湖州。时任湖州刺史崔君，为杜牧安排了水上竞技，召集州人前来观看，可使杜牧于其中物色心仪之女子。后来杜牧中意一位年仅十余岁的女子,与其母约定十年后来娶。十四年后,杜牧出刺湖州,女子已嫁人生子矣。杜牧于是怅然而作此诗。诗又作:"自是寻春去校迟,不须惆怅怨芳时。狂风落尽深红色,绿叶成阴子满枝。"

明　宋旭　湖州十八景图·长超山

薛 逢

薛逢（约806—约874），字陶臣，蒲州河东（今山西永济）人。会昌进士，历任尚书郎、秘书监等职。据其诗，曾客游湖州。又有《送刘郎中牧杭州》《送衢州崔员外》等，可知他对浙江地理掌故较为熟悉。

送庆上人归湖州因寄道儒座主[1]

上人今去白蘋洲，霅水苕溪我旧游。

夜雨暗江渔火出，夕阳沉浦雁花收。[2]

闲听别鸟啼红树，醉看归僧棹碧流。

若见儒公凭寄语，数茎霜鬓已惊秋。[3]

（《唐五代诗全编》卷七五九）

注 释

[1]道儒：僧人，一说为苏州开元寺元浩弟子。座主：佛教语，指大众一座之主。 [2]浦：河流入海的地方。 [3]数茎：几根。

赏　析

　　这首诗约作于会昌三四年间（843—844）。薛逢任信州司马，适逢庆上人借道信州返回湖州，因此写下这首送别诗。首二句交待事由，"雪水苕溪我旧游"，谓诗人对湖州颇感熟悉与亲切。中间四句写景，江上渔火、雁阵斜阳，都是水乡湖州典型的自然风光，"闲听""醉看"二句，更是透露出诗人对过往优游岁月的怀念。末二句转向对道儒的寄语，以"霜鬓惊秋"抒发岁月不居的沧桑之感。全诗情景交融，景中含情，借由送别抒发诗人的怀旧之感，情深意远，惹人感喟。

明　宋旭　湖州十八景图·仙顶

李商隐

　　李商隐（约813—约858），字义山，号玉溪生，又号樊南生，怀州河内（今河南沁阳）人。与杜牧合称"小李杜"，与温庭筠合称"温李"。开成二年（837）进士，出任泾原节度使掌书记，因陷"牛李党争"，漂流各地为地方僚佐。李商隐是晚唐最出色的诗人之一，诗各体俱有佳作，尤以五七言律绝成就为高，七言律诗的造诣更是上追杜甫而独步晚唐。《旧唐书》："商隐能为古文。博学强记，下笔不能自休，尤善为诔奠之辞。与太原温庭筠、南郡段成式齐名，时号'三十六体'。"

酬令狐郎中见寄[1]

望郎临古郡，佳句洒丹青。

应自丘迟宅，仍过柳恽汀。

封来江渺渺，信去雨冥冥。

句曲闻仙诀，临川得佛经。[2]

朝吟支客枕，夜读漱僧瓶。

不见衔芦雁，空流腐草萤。[3]

土宜悲坎井,天怒识雷霆。[4]

象卉分疆近,蛟涎浸岸腥。[5]

补羸贪紫桂,负气托青萍。[6]

万里悬离抱,危于讼阁铃。[7]

(《李商隐诗歌集解》)

注 释

[1]令狐郎中:即令狐绹。据嘉泰《吴兴志》卷一四,令狐绹于大中元年(847)三月二十一日自左司郎中授为湖州刺史。本篇作于大中元年夏秋间,时令狐绹自湖州寄诗给在桂林的李商隐,李商隐以此诗酬答。 [2]"句曲"句:典出《南史·陶弘景传》,陶弘景在南朝齐梁之间在句曲山中采药炼丹,得到神符密诀,服食此丹,体可轻捷。"临川"句:典出《庐山记》,谢灵运为临川内史,"一见远公,肃然心服,乃即寺筑坛翻《涅槃经》"。 [3]衔芦雁:典出《尸子》卷下,"雁衔芦而捍网"。雁用以自卫的一种本能。腐草萤:典出《礼记·月令》,"季夏之月……腐草为萤"。 [4]坎井:喻多变。"天怒"句:隐喻令狐绹之震怒。郑亚为李德裕一党,李商隐跟随被贬官到桂林的郑亚为幕僚,激起牛党令狐绹的不满。 [5]象卉:大象栖止的地方。桂州地近交趾,故云"分疆近"。"蛟涎"句:《北梦琐言》载,"蛟形如马蟥,涎沫腥粘,掉尾缠人而噬其血"。 [6]"补羸"句:解释自己是因贫困才跟随郑亚赴桂林。 [7]讼阁:官府听政理事之处。

赏　析

　　这是一首酬答诗。后人对其阐释甚详。令狐绹是李商隐的好朋友，令狐绹春风得意，湖州赴任，对李商隐跟随政敌郑亚远赴桂林颇有不满。因此从湖州寄诗给李商隐，大约有责备之意。李商隐写此诗作答。清人屈复《玉溪生诗意》解诗说："一段令狐见寄，二段得书喜出望外，三段追述未接所寄时情况，四段自叙久滞炎荒，兼写酬意。丘迟、柳恽方令狐。仙诀、佛经比令狐所寄。'朝吟'二句，喜而诵，不问昼夜也。'不见'四句，言未寄诗时已如腐草之萤，羁栖桂管，无异坎井，乃雷霆天怒，果不终朝，有诗来寄也。绹以义山受郑亚之辟，怒甚，故答诗如此。"李商隐辞意婉转而叙写湖州，精工富丽，辞采华贵，同时展现了与友人的深厚情谊。

严恽

严恽（？—870），字子重，湖州人。十举进士不第，归居故里，一生布衣。大中四年至五年间（850—851），严恽作《惜花》诗，时任湖州刺史杜牧即作诗相和，严恽与杜牧遂因此相交。咸通十年（869），严恽至苏州，访问皮日休、陆龟蒙。别后两月，时为咸通十一年（870），严恽抑郁而殁，皮陆二人均有悼亡诗。严恽存诗仅《惜花》诗一首。

惜 花

春光冉冉归何处？更向花前把一杯。
尽日问花花不语，为谁零落为谁开？

（《唐五代诗全编》卷八一二）

赏 析

诗题一作《落花》。唐人笔记、杜牧和诗也均作"落花诗"。此诗风情旖旎，摇曳多姿，一时盛传诗坛。诗首先发问，春风无限，春日将尽，冉冉春光最终将归何处？诗人也没有答案，只能乘此春日还在，春花未谢，再饮一杯。花知道春归何处吗？那就只能问花，可惜花也没有给以答案。花为谁开，花因何谢，没有答案，只好珍惜春光，珍惜花期，惜花之情，油然而出。后世欧阳修名篇《蝶恋花》中"泪眼问花花不语"一句，就是化用"尽日问花花不语"而来。

严恽诗出，时任湖州刺史的杜牧作《和严恽秀才落花》相和："共惜流年留不得，且环流水醉流杯。无情红艳年年盛，不恨凋零却恨开。"杜牧当时诗名极盛，诗也是次韵之作，但风情稍逊，显是不及严作。时在浙西幕府的诗人王枢也有和作《和严恽落花诗》。但这些和诗亦均不及严恽。严恽殁后，其诗多流散，存世的仅此一首，却足以不朽。

清　恽寿平　花卉八帧图

罗 隐

罗隐（833—909），原名横，字昭谏，自号江东生，杭州新城（今属杭州富阳）人。屡试不第。光启三年（887）归谒杭州刺史钱镠，被辟为从事，又表为钱塘县令，后授司勋郎中、镇海军节度判官等职。后梁开平二年（908）授吴越国给事中。与罗虬、罗邺并称"三罗"，有《甲乙集》《谗书》等。他是吴兴沈氏的女婿。湖州相关诗作有《乌程》《湖州裴郎中赴阙后投简寄友生》《送雪川郑员外》《霅溪晚泊寄裴庶子》等。

霅溪晚泊寄裴庶子 [1]

溪风如扇雨如丝，闲步闲吟柳恽诗。

杯酒疏狂非曩日，野花狼藉似当时。[2]

道穷谩有依刘感，才急应无借寇期。[3]

满眼云山莫相笑，与君俱是受深知。

（《罗隐集校注·甲乙集》卷八）

注 释

[1] 裴庶子：罗隐诗中多次提及"霅川裴郎中""湖州裴郎中"，疑为

裴德符或裴虔馀。庶子，太子属官，唐末一般为检校官授予藩镇属官。
[2]曩日：从前。　　[3]依刘：东汉末王粲为避乱投依刘表，但并不得志，产生怀乡之感。借寇：典出《后汉书·寇恂传》。东汉寇恂曾为颍川太守，离任后，随光武帝出征再至颍川，颍川百姓请求再借寇恂留任一年。此处以寇恂喻裴氏难以再回湖州。

赏　析

　　诗人在一个细雨飘飞的傍晚泊舟霅溪，想起此前曾与朋友在此携游，心生感慨。地方还是那样一个地方，但友人不在身边，吟诗饮酒都无人相陪，心境是大不相同了。罗隐又有《湖州裴郎中赴阙后投简寄友生》诗云"祢衡酒醒春瓶倒，柳恽诗成海月圆"，《秋日泊平望驿寄太常裴郎中》诗曰"北海樽中长有酒，东阳楼上岂无诗"，可知他与裴氏实乃志趣相投的诗酒之交。"依刘感"写自己孤身一人的凄凉，"借寇期"表达对难以重聚的慨叹。末二句则笔锋一转，说你且不要笑我满眼云山，当初咱们俩一样为这眼前的美景所赏识！这又是诗人与"云山"的互相成全了。

陆龟蒙

陆龟蒙（？—约881），字鲁望，自号江湖散人、天随子、甫里先生，苏州吴县人。与皮日休唱和，合称"皮陆"。举进士不第，曾任苏州、湖州从事，后归乡不出，隐居松江甫里。有《笠泽丛书》《甫里集》。陆龟蒙咸通六年（865）曾至睦州干谒刺史陆墉，咸通七年（866）至杭州拜访丁翰之，其间曾游览桐庐，留下不少吟咏之作。约咸通十三年至十四年（872—873）在湖州，从游湖州刺史张抟。陆龟蒙曾筑震泽别业于湖州，还在顾渚山下建起茶园。《新唐书·陆龟蒙传》："嗜茶，置园顾渚山下，岁取租茶，自判品第。"

自遣诗三十首（其一）[1]

《自遣诗》者，震泽别业之所作也。故疾未平，厌厌卧田舍中。农夫日以耒耜事相聒，每至夜分不睡，则百端兴怀搅人思，益纷乱无绪。且诗者，持也。谓持其情性，使不暴去。因作四句诗，累至三十绝，绝各有意。既曰自遣，亦何必题为？[2]

五年重别旧山村，树有交柯犊有孙。[3]

更感卞峰颜色好，晓云才散便当门。[4]

（《唐甫里先生文集》卷一一）

注 释

[1]据吴在庆著《唐五代文史丛考》所收《陆龟蒙再至震泽别业及离开之时间》考据:"陆龟蒙曾于咸通、乾符间为湖州刺史张抟从事,后又曾重至湖州震泽别业,此后返回苏州故里。其第二次至湖州之时间史传未及……又《旧唐书·僖宗纪》乾符二年(875)二月记:以湖州刺史张抟为庐州刺史。如是,陆龟蒙依湖州刺史张抟幕后又随往庐州乃在乾符二年二月。自此次离湖州至重到湖州有五年,则其重至湖州当在乾符六年春卧病苏州笠泽之滨后。且据上考,是年春龟蒙已在湖州震泽别业。"据此,此诗作于乾符五年到六年(878—879),震泽别业在湖州。　[2]震泽别业:嘉泰《吴兴志》卷一九"长兴":"在县东三里。唐陆龟蒙别业在焉。"　[3]交柯:树枝相交。犊:小牛。　[4]卞峰:卞山,又作弁山。在湖州城北,濒太湖。乾隆《湖州府志》卷四:"弁山,在府城西北十八里,亦名卞山。高六千丈,周一百二十四里,西北半属长兴,南面属乌程县,为府治主山。"当:对着。

赏 析

　　《自遣诗三十首》作于苏州震泽别业,陆龟蒙时卧疾在家,心绪烦乱,因作诗遣怀。这一首回忆了诗人重游卞山旧地的情形。前二句写五载重逢,村中小树长成了枝繁叶茂的大树,当年的小牛也已经有了自己的子孙,怎不教人感慨。这感慨中,既有欣慰,也有伤感。后二句则笔锋一转,将目光投向了卞峰的云光山色,推门而望,晓云散罢,青山如洗,心情也跟着敞亮了起来。因为陆龟蒙的书写,卞峰得以为人所知。后来长兴人则把这片土地命名为"陆汇头",把附近的一座桥命名为"观卞桥",以此来纪念这位诗人。

明 宋旭 湖州十八景图·乌瞻山

韦 庄

韦庄（836—910），字端己，京兆杜陵（今陕西西安）人。乾宁元年（894）进士及第，历任拾遗、补阙。天复元年（901）入蜀，任西川节度使王建掌书记。劝王建称帝，建立蜀国，授左散骑常侍，迁门下侍郎、同平章事，成为前蜀开国宰相。韦庄以花间词闻名，与温庭筠并称"温韦"。有《浣花集》，又编《又玄集》。韦庄光启三年（887）十月随镇海军节度使周宝到达杭州，开始在浙江一带辗转，留下《南游富阳江中作》《桐庐县作》等诗篇。韦庄还曾游历湖州、富春、桐庐、衢州等地。湖州相关诗作有《酬吴秀才霅川相送》《湖州寄舍弟》等。

酬吴秀才霅川相送 [1]

一叶南浮去似飞，楚乡云水本无依。[2]

离心不忍闻春鸟，病眼何堪送落晖。[3]

掺袂客从花下散，棹舟人向镜中归。[4]

夫君别我应惆怅，十五年来识素衣。[5]

（《韦庄诗词全集》）

注 释

[1]霅川:代指湖州。 [2]一叶:指诗人乘坐的小船。 [3]病眼:谓老眼昏花。 [4]掺(shǎn)袂:执着袖子,犹握别。 [5]夫君:称友人,即吴秀才。素衣:寒素之士。

赏 析

　　诗约作于韦庄光启三年南下避乱途经霅溪时。空阔的江面上,诗人乘坐的小舟飞也似的向前。云水无依,人亦无靠,只是离别的情绪终究不肯放过自己。偏有那不懂人心的春鸟与兀自落去的夕阳,定要惹人愁思。筵席散罢,人各一方,望断故人心眼,终是要说一句再见。识于微时的朋友,多年相伴,他一定也和我一样惆怅吧。诗人选取春鸟、落晖等典型意象发抒离别,寓情于景,又将"我"之惆怅与友人之惆怅绾合,可谓情深意长。

杜荀鹤

　　杜荀鹤（846—904），字彦之，自号九华山人，池州石埭（今安徽石台）人。唐昭宗大顺二年（891），获朱温赏识送名礼部，中进士第。回乡后宣州田頵用为从事。朱温表荐为翰林学士、主客员外郎、知制诰，任职十日内病逝。有《唐风集》。杜荀鹤落第还山时曾寓居杭州，有诗《春日行次钱塘却寄台州姚中丞》。有诗送友人任湖州德清县令，又有《寄诗友》诗称"惟有前溪水，年年濯客尘"，疑指德清武康前溪。

送人宰德清[1]

乱世人多事，耕桑或失时。

不闻宽赋敛，因此转流离。[2]

天意未如是，君心无自欺。

能依四十字，可立德清碑。[3]

（《杜荀鹤诗》卷上）

注　释

[1]宰：主政治理。　　[2]赋敛：田赋，税收。　　[3]四十字：指五言诗。

八句正四十字。德清碑：即德政碑。

赏　析

  这首诗是作者为奉赠即将赴任德清县令的朋友所作，表达了对友人的勉励之情。诗从当下的时局说起：社会动乱、农事失时，百姓受累于沉重的税务，不得不流离失所。而诗人又向朋友指出，这并不是不能改变的啊！天意本不愿百姓流离，横征暴敛也绝非君王本心。只要奉行爱民、清廉的为官之道，就一定可以救百姓于水火，到那时，德清县就要为你立下"德清碑"了！

吴 融

吴融（850—903），字子华，越州山阴（今浙江绍兴）人。唐昭宗龙纪元年（889）中进士第，官至户部侍郎、翰林学士承旨。著作有《唐英歌诗》。吴融在乾符三年（876）宦游湖州，又在文德元年（888）重游湖州，写下《湖州晚望》《湖州朝阳楼》《湖州溪楼书怀献郑员外》等诗。

湖州晚望

鼓角迎秋晚韵长，断虹疏雨间微阳。[1]
两条溪水分头碧，四面人家入骨凉。[2]
独鸟归时云斗迥，残蝉急处日争忙。[3]
他年若得壶中术，一簇汀洲尽贮将。[4]

（《唐五代诗全编》卷八九〇）

注 释

[1]鼓角：战鼓和号角的声音。　[2]两条溪水：指苕霅二溪。　[3]迥：高远。　[4]壶中术：道家所称仙人法术。

赏　析

　　诗写作者秋初傍晚登上湖州城楼所见。首二句交待时令节气，视听结合，残阳、鼓角、断虹、微雨，都是十分典型的黄昏意象。"两条溪水"与"四面人家"二句颇让人眼前一亮，不仅对仗工稳，而且用词极为妥帖。五、六句又从细节刻画，使得景物层次更加丰富起来。末二句"汀洲尽贮"的畅想，更是别出匠心，格高调远。刘克庄《后村诗话》评吴融诗："七言佳者不减致光。"从此诗就可见一斑。许学夷《诗源辨体》则说："吴融七言律，'太行和雪'一篇，气格在初、盛之间，'十二阑干''别墅萧条''长亭一望'三篇声气亦胜，其他皆晚唐语也。"若把这一首单拎出来，则此论就不确了。

郑　谷

郑谷（约851—约910），字守愚，袁州宜春（今江西宜春）人。唐僖宗光启三年（887）登进士第。官至都官郎中，世称"郑都官"。郑谷曾以《鹧鸪》诗闻名，又称"郑鹧鸪"。有《云台编》，又称《郑守愚文集》。据诗可知，其对湖州自然、人文亦颇为熟悉。

寄献湖州从叔员外[1]

顾渚山边郡，溪将霅画通。[2]

远看城郭外，全在水云中。

西阁归何晚，东吴兴未穷。[3]

茶香紫笋露，洲迥白蘋风。[4]

歌缓眉低翠，杯明蜡剪红。

政成寻往事，辍棹问渔翁。[5]

（《唐五代诗全编》卷八九九）

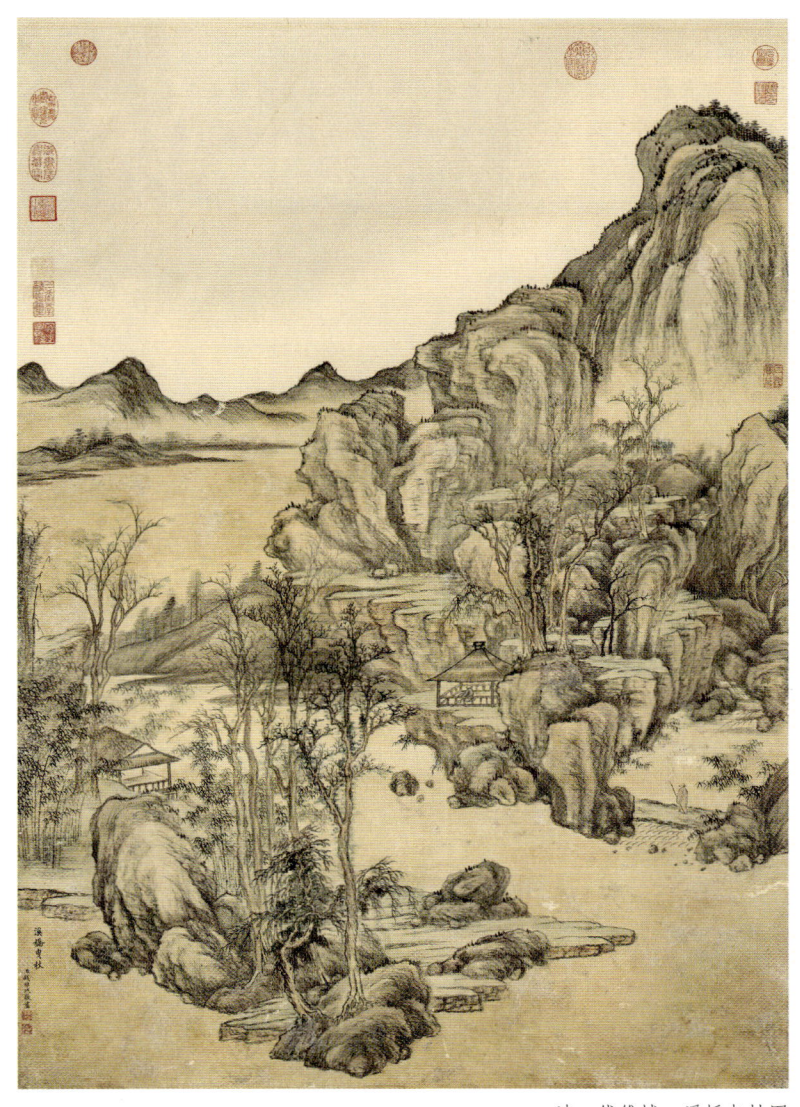

清　钱维城　溪桥曳杖图

注 释

[1]从叔员外:此指郑仁规,乾符三年(876)自考功员外郎授湖州刺史。从叔,父亲的堂弟。 　[2]顾渚山:在今湖州市长兴县水口乡,以产紫笋茶闻名。罨画:即罨画溪,流经长兴。 　[3]西阁:疑为张籍《霅溪西亭晚望》之西亭。东吴:湖州为吴国故地。 　[4]紫笋:指顾渚紫笋茶。 　[5]辍棹:停船。

赏 析

首二句交待湖州自然地理,娓娓道来,"通"字引人入胜。"远看城郭里,尽在水云中"写湖州给人的整体观感,可谓东坡"回首水云何处、觅孤城"之先声。"归何晚""兴未穷",皆言城中景色令人流连忘返。紫笋、白蘋自是湖州最具特色之风物,笙歌、画烛更突出了生活之安闲舒适。最后以政成归家、再度悠游作结,表达了对叔父的美好祝愿。诗歌婉转蕴藉,曲折有致,耐人寻味。

无名氏

湖州里谚[1]

放尔生,放尔命。

放尔湖州做百姓。

(《全唐诗》卷八七七)

注 释

[1] 里谚:民间谚语。

赏 析

《全唐诗》收录此谚,并在题下注云:"唐末五代,天下皆被兵,独湖州获免。其时语云:放尔生,放尔命。放尔湖州做百姓。"从其描述可以感受到,在唐末五代社会动乱、时局板荡的大背景下,唯有湖州才能给人最大的安全感和幸福感。前面多次提到的杜牧,就是三次主动上书宰相,才求得湖州刺史职位的。他在《上宰相求湖州第三启》中,请求在现任湖州刺史任满后能够接任:"今更得钱三百万,资弟妹衣食之地,假使身死,死亦无恨。"若能在湖州这样的安定富庶之地供养弟妹，虽死而无憾了，真可谓"人生只合住湖州"！宋人倪思《经钽堂杂志》称："霅川平波漫流，有水之利，而无水之害。群山环列，秀气可掬。卜居于此，殆复何加。"又引此谚，并云："至于本朝太平又二百年。靖康、建炎复免兵厄，今尚有唐末五代时屋宇。夫为湖之百姓，犹为至幸，况为士大夫乎？"

明　戴进　春耕图（局部）

浙江 诗话

宋元

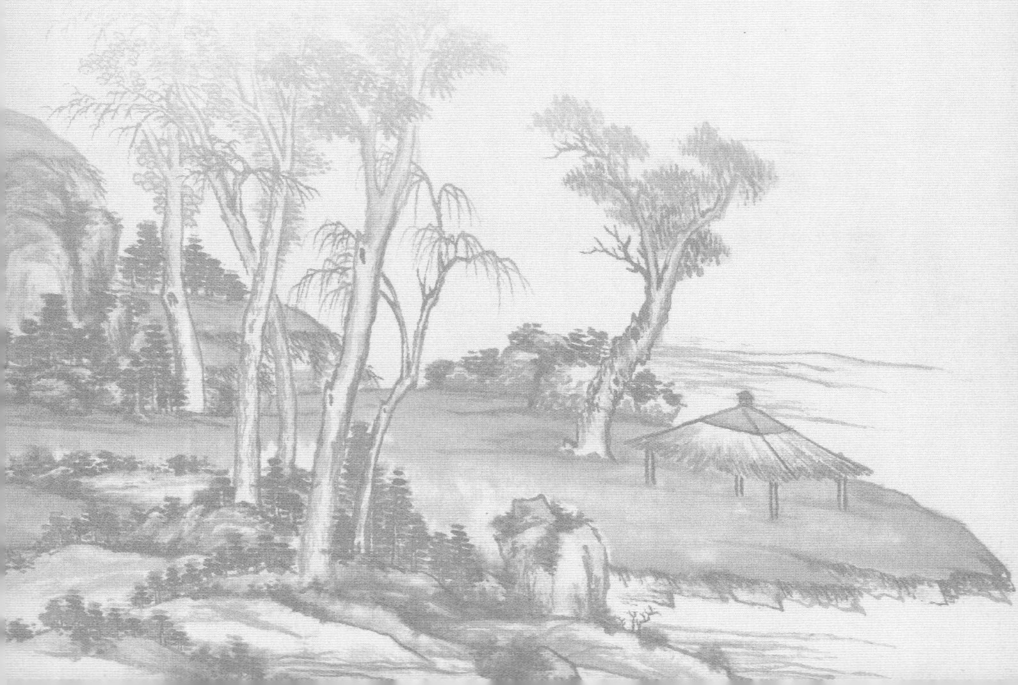

张　先

张先（990—1078），字子野，湖州乌程人。天圣八年（1030）进士，历官至尚书都官郎中。曾任安陆县知县，因此时称"张安陆"。北宋著名词人，交游广阔，与柳永、晏殊、欧阳修等齐名，是王安石、苏轼、黄庭坚等人的忘年之交，因善用"影"字，世称"张三影"。其新创的长调慢词，开宋代词坛风气，是宋词发展史上"古今一大转移"。张先晚年悠游于湖州、杭州之间，是"前六客会"的成员与核心人物，在吴兴地区德高望重并具有凝聚力，曾在其湖州居所南园多次举办文人雅集。著有《安陆集》一卷，后人编有《张子野词》。

虞美人

苕花飞尽汀风定。苕水天摇影。[1]画船罗绮满溪春。一曲石城清响、入高云。[2]　　壶觞昔岁同歌舞。[3]今日无欢侣。南园花少故人稀。[4]月照玉楼依旧、似当时。[5]

（《张先集编年校注》）

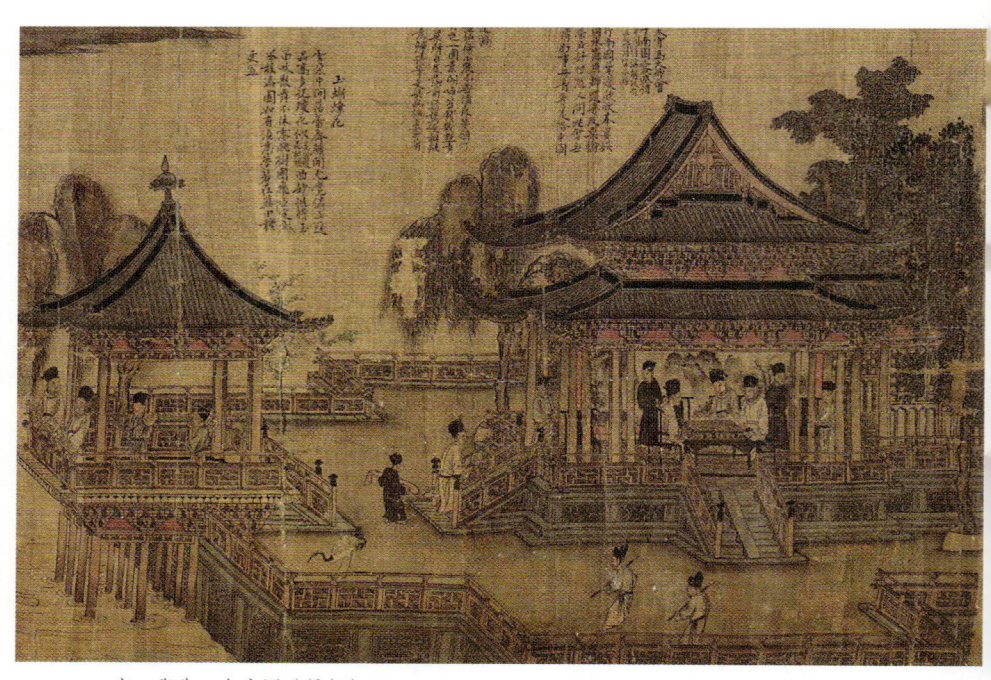

宋　张先　十咏图（局部）

注 释

[1]苕水：即苕溪。　[2]石城：指《石城乐》，又名《莫愁乐》。　[3]壶觞：壶与觞，皆为酒器。　[4]南园：嘉泰《吴兴志》卷一三："宋宝元中，定安门内有南园。"当时是张先家族的私家园林，张先常在此举办文人雅集。　[5]"月照"句：化用杨汉公《题郡城楼》"溪上玉楼楼上月"句。

赏 析

该词上阕以"苕花"起兴，细腻地描绘了苕溪两岸春日的自然美景和繁华盛景。最后一句"入"字巧妙地将眼前景致引入更辽阔的天地，一曲石城清音，穿透云霄，不仅增添画面动感，更蕴含了对远方或往昔岁月的深切怀恋，自然过渡到下阕抒情。下阕笔锋一转，写昔日欢歌，今朝寂寥，眼前景致虽在，人事已非。在今昔对比中，表达了诗人内心的感慨与孤寂。

全词以春日之景为背景，抒发了词人对昔日时光的怀念以及友人的思念。其中"苕花""苕水""南园"等独具湖州地方风情的景致融于词间，情景交融之间，展现了湖州独特的地域文化韵味，又表达了诗人对物是人非的慨叹，引发读者对往昔时光的深切怀恋，堪称湖州自然与人文在宋词中的精致呈现。

定风波令

霅溪席上,同会者六人:杨元素侍读,刘孝叔吏部,苏子瞻、李公择二学士,陈令举贤良。[1]

西阁名臣奉诏行。[2]南床吏部锦衣荣。[3]中有瀛仙宾与主。[4]相遇。平津选首更神清。[5]　溪上玉楼同宴喜。[6]欢醉。对堤杯叶惜秋英。尽道贤人聚吴分。[7]试问。也应旁有老人星。[8]

（《张先集编年校注》）

注 释

[1]杨元素:杨绘,字元素。刘孝叔:刘述,字孝叔,湖州归安人。苏子瞻:苏轼,字子瞻。李公择:李常,字公择,当时为湖州知州。陈令举:陈舜俞,字令举,号白牛居士,湖州乌程人。　[2]西阁名臣:指杨绘。[3]南床:侍御史之别称,指刘述。　[4]主:指本地知州李常。　[5]平津选首:指苏轼与陈舜俞。　[6]溪上玉楼:见杨汉公《题郡城楼》诗。　[7]吴分:吴地,指湖州。　[8]老人星:南极星,亦称寿星,此是张先自喻。

赏 析

此词作于熙宁七年（1074）九月,当时苏轼经过湖州,杨绘与其同行,拜访当时的湖州知州李常,陈舜俞、张先也相约同会,与刘述相会于湖州碧澜堂,这就是著名的"六客之会",碧澜堂也因此又名"六客堂",成为湖州重要的文化名片。为记录这次雅会,张先写下《六客词》,即为此首词。

这首词既简练直白地反映了湖州风物与张先个性,又细致地记载了张先所交往的朋友的品位,为我们提供了"六客会"最直接的资料,是湖州文人雅聚历史的重要见证,此外,在这次聚会中,张先与苏轼有唱和,开启了宋词和韵的先河。清代刘熙载在《艺概·词曲概》中称此词"意确切而语自然,洵非易到"。

木兰花 乙卯吴兴寒食[1]

龙头舴艋吴儿竞,笋柱秋千游女并。[2]芳洲拾翠暮忘归,秀野踏青来不定。[3] 行云去后遥山暝,已放笙歌池院静。[4]中庭月色正清明,无数杨花过无影。

(《张先集编年校注》)

注 释

[1]乙卯:此词作于宋神宗熙宁八年(1075)乙卯。寒食:即寒食节,在清明节前一二日,古人常在此时出城扫墓、春游。 [2]舴艋:蚱蜢式的小龙船,古时竞渡用,宋朝湖州地区寒食、清明节有龙舟竞渡的习俗。笋柱秋千:两端用竹子做成的秋千。 [3]拾翠:指游女春游

时采集百草。踏青：即古时清明寒食前后的郊游。　　[4]行云：借指如云的游女。

赏　析

  这首词是张先八十六岁时在湖州过寒食节时所作。全词动静有致。上阕"动"，写寒食节的欢乐场面，水上龙舟竞发，岸上游人如织，尽兴忘归。"竞"字渲染了场面的壮观，激动人心。下阕"静"，写游人散去，夜幕降临，庭院中皓月当空，清澈明亮，春风吹过，飞絮漫天。最后一句"无影"为虚写，是张先写影名句，韵味不尽。清代李调元《雨村词话》曰："张三影已盛称人口矣，尚有一词云'无数杨花过无影'，合称之，名'四影'。"朱彝尊《静志居诗话》称"其工绝，在世所传'三影'之上"。

  全词意象凝练，着笔工巧，从热烈明快到宁静闲逸，既反映了湖州民俗生活的丰富多彩，又反映出耄耋老人安享晚年又乐在其中的恬谧快意。

梅尧臣

梅尧臣（1002—1060），字圣俞，世称宛陵先生，宣州宣城（今安徽宣城）人，祖籍湖州。皇祐三年（1051）得宋仁宗召试，赐同进士出身。曾官国子监直讲、都官员外郎，世称"梅直讲""梅都官"。有《宛陵集》。曾任湖州监税官，留下许多关于湖州的诗作。

霅　上[1]

共爱霅溪风物美，春来清可鉴须眉。[2]

蘋生楚客将归日，花暖吴蚕始浴时。[3]

临水竹楼通市陌，跨桥云屋接川湄。

画船载酒期君醉，已是无谋助剪夷。[4]

（《全宋诗》卷二四四）

注　释

[1]霅上：湖州别称。　[2]鉴：照。　[3]楚客：楚人屈原忠而被谪，后用以指被贬谪之人，此处是诗人自指。　[4]剪夷：剪平，剪灭。

清　金农　采菱图

赏　析

　　诗歌开始即表明对湖州霅溪之美的高度喜爱，以"清可鉴须眉"直赞霅溪溪水清澈，随后直陈诗人自己来湖之日正好遇上吴蚕孵化时节，更以简练的语言描绘湖州水乡特有的"临水竹楼"与"跨桥云屋"，最后以"画船载酒""期君共醉"作结，以超脱世俗、逍遥自在的态度自我宽慰。

　　此诗作于诗人被贬至湖州任监税官期间，他寄情于景，借霅溪风物及自然景观之美，寄寓心中郁郁不得志的愤懑。诗风古淡，穷而后工，写景形象，溢于言外。欧阳修《六一诗话》极赞其诗："覃思精微，以深远闲淡为逸。"

欧阳修

欧阳修（1007—1072），字永叔，号醉翁，晚号六一居士，谥号文忠，吉州永丰（今江西永丰）人。北宋著名政治家、文学家，北宋诗文革新运动的领袖，反对浮靡之风，以文章负一代盛名，名列"唐宋八大家"中。官至参知政事。有《欧阳文忠公文集》《新唐书》《新五代史》等传世。苏轼在《六一居士集序》中赞他"论大道似韩愈，论本似陆贽，纪事似司马迁，诗赋似李白"。

送胡学士知湖州 [1]

武平天下才，四十滞铅椠。[2]

忽乘使君舟，归榜不可缆。

都门春渐动，柳色绿将暗。

挂帆千里风，水阔江滟滟。

吴兴水精宫，楼阁在寒鉴。[3]

橘柚秋苞繁，乌程春瓮酽。[4]

清谈越客醉，屡舞吴娘艳。[5]

寄诗毋惮频，以慰离居念。

（《欧阳修诗编年笺注》卷一）

注　释

[1]胡学士：胡宿（995—1067），字武平，常州晋陵（今常州武进）人，康定二年到庆历三年（1041—1043）任湖州知州。　[2]铅椠（qiàn）：铅粉和竹简，都是古时书写的用具，借指科举考试。　[3]水精宫：又作水晶宫，唐宋以来的湖州别称。　[4]"乌程"句：湖州乌程县以产乌程酒而闻名。雍正《浙江通志》载："乌程酒：《西吴里语》：秦有乌氏、程氏，各善造酒，合其姓为乌程县。乌氏名巾，程氏名林。张景旸《七命》云酒则荆南、乌程是也。《名酒记》：湖州酒：碧澜堂，又霅溪箬酒。"酽，浓，味厚。　[5]越客：客居他乡的越地人，泛指异乡客居者。吴娘：吴地的美女。

赏　析

　　这是一首送别诗。欧阳修的友人胡宿去湖州赴任，欧阳修写诗以送别。开始四句先赞扬友人勤励，乘舟赴任，接着写与友人相别场景，春色满途，风长水阔。"吴兴"六句则极写湖州的人文风物之美，波映楼阁，橘柚苞繁，美酒醇厚，吴娘舞艳。最后以保持往来的叮嘱作结，再扣送别的主题。不同于以往送别诗悲感之风，欧阳修此诗饱含诗人的美好愿景和祝福，别具一格。

　　全诗语言自然流畅，叙事、议论、绘景融为一体，表现出以气格为主的宋诗风格。高步瀛《唐宋诗举要》评此诗"清丽"。

文 同

文同（1018—1079），字与可，人称"石室先生"，梓州永泰（今四川绵阳）人。北宋著名诗人。皇祐元年（1049）进士，元丰元年（1078）冬朝廷任命文同赴任湖州，次年卒于赴任途中，后人称其为"文湖州"。文同是一个诗赋书画全能的艺术家，留有八百六十余首诗歌，其中以反映民生疾苦的社会诗思想性最强，以描绘自然景物的写景诗艺术性最高。又善于绘画，创"湖州竹派"，和苏轼一道推进了文人画的形成。苏轼《书文与可墨竹并叙》称其有四绝："诗一，楚辞二，草书三，画四。"著作有《丹渊集》。

寄题湖州沈秀才天隐楼[1]

自念久不偶，归老东南州。[2]
地名水精宫，家有天隐楼。
收卷势利心，欲与汗漫游。[3]
出处固以义，无为子光羞。[4]

（《文同全集编年校注》卷三）

注 释

[1]沈秀才：当是沈洧，宦途不如意，在湖州筑天隐楼隐居。　[2]不偶：指时机不遇。　[3]汗漫：渺茫不可知，仙人的别称。　[4]子光：指严子陵。严子陵本姓庄，名光，字子陵，东汉隐士，诗人以此勉励沈秀才。

赏 析

　　此诗作于元丰元年冬。开始以"不偶""归老"自述不得志，想要远离尘世纷扰，归隐湖州。接着以"水晶宫""天隐楼"两个意象勾勒出湖州这一理想化的隐逸之地，其中"天隐楼"为湖州一处重要的文化地标，苏轼等人均有诗歌描绘此处。后以"收卷势利心，欲与汗漫游"直述其淡泊功名，向往隐逸之情。最后两句表现出其作为文人的高尚情操与追求，表示无论是出仕还是隐退，都要坚守道义，不让古人蒙羞。

　　全诗语言脱俗，情感真挚，意味深远，情操高雅。正如苏辙《祭文与可学士文》所言："发为文章，实似其德。风雅之深，追配古人。翰墨之工，世无拟伦。"

司马光

司马光（1019—1086），字君实，号迂叟，陕州夏县（今山西夏县）涑水乡人，世称"涑水先生"。宝元元年（1038）进士及第。官至尚书左仆射、兼门下侍郎，为相八月，于元祐元年（1086）卒，谥文正。有《温国文正司马公文集》。

送章伯镇知湖州 [1]

江外饶佳郡，吴兴天下稀。

莼羹紫丝滑，鲈脍雪花肥。

星斗寒相照，烟波碧四围。

柳侯还作牧，草树转清辉。

（《司马温公集编年笺注》卷八）

注　释

[1] 章伯镇：章岷，字伯镇。皇祐四年（1052）以度支员外郎知湖州。

赏　析

该诗作于皇祐四年，诗人以此诗送别友人。开始两句直写当时湖州地区丰饶富庶，名闻天下；接下来四句进一步高赞湖州的美食与美景，莼羹鲜滑，鲈鱼肥美，星光照耀，碧波荡漾，对应前两句所写吴兴之美天下稀有；最后以柳恽太守的典故收尾，表达了诗人对友人真诚的祝愿。全诗语言清新明快，情感真挚充沛，毫无矫揉造作之处，是司马光所提倡的抒发真性情、真自我的诗歌之一。

清　王震　四鳃鲈鱼图

曾　巩

曾巩（1019—1083），字子固，建昌军南丰（今江西南丰）人。北宋散文家、史学家、政治家，世称"南丰先生"。天资聪慧，嘉祐二年（1057）进士，官至中书舍人，谥文定。曾巩和欧阳修等人一起为当时诗文的革新运动作出了杰出的贡献，是"唐宋八大家"之一。王安石评价其文章"曾子文章众无有，水之江汉星之斗"。有《元丰类稿》和《隆平集》传世。

寄孙莘老湖州墨妙亭 [1]

隆名盛位知难久，壮字丰碑亦易亡。

枣木已非真篆刻，色丝空喜好文章。[2]

岘山汉水成虚掷，大厦深檐且秘藏。[3]

好事今推霅溪守，故开新馆集琳琅。[4]

（《曾巩集》卷七）

注　释

[1] 孙莘老：即孙觉，字莘老，时任湖州知州。墨妙亭：始建于北宋熙宁五年（1072），湖州知州孙觉创建。亭内收集了湖州境内自汉朝以

来所有可见的珍贵石刻。除曾巩外，孙觉还邀请苏轼等为此亭题记。[2]色丝：指绝妙好辞，犹言妙文。　　[3]岘山：山名，在湖北襄阳，临汉水。西晋杜预都督荆州，常言高岸为谷，深谷为陵，刻石为二碑，纪其勋绩，一沉万山之下，一立岘山之上。湖州亦有岘山，在湖州城南二里。此处岘山汉水，用杜预典，同时又故意用两山重名为典。　　[4]霅溪守：代指湖州知州，此处指孙觉。新馆：指墨妙亭。

赏　析

　　这首七律是曾巩对孙觉建造墨妙亭的描绘。开始即写盛名高位难以长久存在，即使是雄伟的碑刻也终将消失殆尽，后以"枣木已非""色丝空喜""岘山汉水"等意象进一步言明历史变迁，文物湮灭，以此反衬孙觉建造墨妙亭的可贵，尾联正是直抒诗人对孙觉此举的赞扬。全诗文字简洁凝练，语言朴实流畅，富有哲理。

　　诗中所描绘的墨妙亭建造以后，是当时文人雅士交流的重要场所，其中收藏的书法作品对后世的文化传承产生了深远的影响。如今遗憾的是，如诗中所云，"隆名盛位知难久，壮字丰碑亦易亡"，墨妙亭和其中收藏的石刻已然不复存在，但其文化价值和意义仍然为后世所铭记。

王安石

王安石（1021—1086），字介甫，号半山，临川（今江西抚州）人。庆历二年（1042）进士及第。熙宁二年（1069），升任参知政事，次年拜相，累封荆国公。王安石大力推行变法改革，成效明显。罢相后出判江宁，病逝于钟山，谥号文，世称"王文公"。有《临川集》。

送周都官通判湖州[1]

渌水乌程地，青山顾渚滨。[2]

酒醲犹美好，茶荈正芳新。[3]

聚泛樽前月，分班焙上春。

仁风已入俗，乐事始关身。

橘柚供南贡，枫槐望北宸。

知君白羽扇，归日未生尘。[4]

（《王安石诗笺注》卷二五）

注 释

[1]周都官：周延隽，字仲章，于至和三年（1056）通判湖州，梅尧臣亦有诗相送。　　[2]顾渚：顾渚山为湖州名茶产地。　　[3]酒醪：汁滓混合的酒，即酒酿，此处指乌程酒。　　[4]白羽扇：此处化用柳恽的典故。《南史·柳恽传》："柳恽以贵公子，早有令名。少工篇什，为诗云：'亭皋木叶下，陇首秋云飞。'琅玡王融见而嗟赏，因书斋壁及所执白团扇。"

赏 析

此诗作于至和三年（1056）七月王安石送别周仲章时。诗歌前四联直写湖州山青水绿，物产丰富，民俗仁厚，点明了在湖州月下饮酒、石上焙茶之极乐。诗中提及的"乌程酒""顾渚茶"都是湖州的名产，不少文人雅士都为之倾倒。后四句"南贡""北宸"先是劝勉周仲章要心系朝廷，后又化用南朝吴兴太守柳恽之典故，劝诫他洁身自好，早日归京一展宏图。

全诗语言简洁明快，用词精巧，对仗工整，意境深远。元代方回在《瀛奎律髓》中评此诗"诗律精密"，称其中犹字、正字已佳，而已字、始字尤妙。后纪晓岚批注："荆公五律胜七律。"

林 希

　　林希（1035—1101），字子中，号醒老，福州福清人。宋嘉祐二年（1057）进士，曾先后任苏州、宣州、湖州、润州、杭州、亳州知州，官至吏部尚书、翰林学士、同知枢密院，晚年被贬舒州。在任湖州知州期间，与曾巩、苏轼、米芾等一些名人交往至深，邀请米芾写下了流传至今的《蜀素帖》。林希才华横溢，留下许多描写湖州的脍炙人口的诗歌。

吴兴

绕郭芙蕖拍岸平，花深荡桨不闻声。[1]

万家笑语荷花里，知是人间极乐城。

（《宋诗纪事》卷二一）

注　释

[1] 芙蕖：古时荷花的别称。

赏 析

　　这首诗是林希途经湖州,看到市井繁华、人民生活安定欢乐的景象后有感而发之作。诗中把湖州这个鱼米之乡的美景刻画得入木三分。前两句"芙蕖拍岸"与"花深荡桨"极力描写吴兴城内荷花的繁茂,一动一静,勾勒出江南水乡的美景。后两句"万家笑语"与"人间极乐"由写景转而描绘人文氛围,凸显湖州城内民众欢乐祥和,直赞湖州城犹如人间乐园般美好,令人神往。

　　全诗用语清新简练,意象鲜明,给人以视觉、听觉与心灵的多重享受。历朝历代,这首诗都被认为是描写吴兴景象的佳作,诗中描绘的"极乐城",此后也成为湖州的别称之一。

苏 轼

苏轼（1037—1101），字子瞻，号东坡居士，眉州眉山（今四川眉山）人。嘉祐二年（1057）进士。宋神宗时，曾在杭州、密州、徐州、湖州等地任职。元丰三年（1080），因"乌台诗案"贬为黄州团练副使。复起兵部尚书、礼部尚书。又出知杭州、颍州、扬州、定州。新党执政，被贬惠州、儋州。苏轼为北宋后期文坛领袖，文为"唐宋八大家"之一，与欧阳修并称"欧苏"，又与父苏洵、弟苏辙合称"三苏"；诗与黄庭坚并称"苏黄"；词与辛弃疾合称"苏辛"；亦工书画，书法与蔡襄、黄庭坚、米芾并称"宋四家"。著作有《东坡全集》等。苏轼至少四次来到湖州，第一次于熙宁五年（1072）十一月，从杭州前往湖州视察堤岸。第二次是熙宁七年（1074）九月离开杭州到密州赴任路过湖州，著名的"六客会"即发生在此时。第三次是元丰二年（1079）四月从徐州调来湖州任知州，留下四十多篇诗文。第四次是元祐六年（1091），苏轼再次路过湖州，与张仲谋、刘景文等老友欢聚，是为"后六客会"。

将之湖州戏赠莘老 [1]

余杭自是山水窟，仄闻吴兴更清绝。[2]

湖中橘林新着霜，溪上苕花正浮雪。[3]

顾渚茶牙白于齿，梅溪木瓜红胜颊。[4]

吴儿脍缕薄欲飞，未去先说馋涎垂。[5]

亦知谢公到郡久，应怪杜牧寻春迟。[6]

鬓丝只好封禅榻，湖亭不用张水嬉。

(《苏轼诗集》卷八)

注　释

[1]莘老：即孙觉。　　[2]余杭：指杭州。　　[3]湖：太湖，太湖中有东西二洞庭山，盛产橘。溪：指苕溪。苕：芦苇，其花白如雪。　　[4]梅溪：在湖州西南，盛产木瓜。　　[5]脍缕：把鱼肉细切成丝。指吴人

明　程嘉燧　山水册·月明星稀乌鹊南飞

饮食精细。　　[6]谢公：指谢安，东晋时为吴兴太守。此处借指孙觉。杜牧：此处苏轼以杜牧自谓。

赏析

此诗作于熙宁五年十一月，此时苏轼将从杭州前往湖州勘察水利，给时任湖州知州的孙觉写下这首诗。首联以对比显现吴兴风光清雅绝伦。接下来三联具体描写湖州的美食与特产——太湖橘正好，苕花白如雪，顾渚嫩茶白，梅溪木瓜红，吴儿脍缕细，难怪苏轼以夸张之笔道"未去先说馋涎垂"。最后两联用谢安、杜牧等典故，微微露出叹老之意，但更多的是老友间的戏谑之词。全诗以清新明快之笔，既盛赞湖州时令风物之美和自己向往喜悦之情，又展现了与孙莘老的深厚情谊。

游道场山何山[1]

道场山顶何山麓，上彻云峰下幽谷。

我从山水窟中来，尚爱此山看不足。

陂湖行尽白漫漫，青山忽作龙蛇盘。

山高无风松自响，误认石齿号惊湍。

山僧不放山泉出，屋底清池照瑶席。

阶前合抱香入云，月里仙人亲手植。

出山回望翠云鬟，碧瓦朱栏缥缈间。

白水田头问行路，小溪深处是何山。

高人读书夜达旦，至今山鹤鸣夜半。[2]

我今废学不归山，山中对酒空三叹。

（《苏轼诗集》卷八）

注　释

[1]道场山：在今湖州市吴兴区道场乡。乾隆《湖州府志》卷四：“旧名云峰，后人建寺奉佛，谓之道场山。有百步栈，从松阴而上，曲径盘旋，数折而至其巅，为一郡之望。与何山相接。”嘉泰《吴兴志》卷四：“道场山，昔讷和尚辞师出巡，礼师曰：'逢道即止。'讷经此山，遂留。后建寺，山顶有塔。下有笑月亭、爱山亭。"何山：在今湖州市吴兴区道场乡，与道场山相邻。此诗作于熙宁五年十二月，当时任杭州通判的苏轼来湖州相度捍堤利害。　[2]高人：指东晋何楷。何楷曾在此山读书，后为吴兴太守，何山即因何楷读书而得名。

赏　析

全诗描叙了游览道场山何山的见闻感受，抒发了诗人对隐逸生活的向往。首两句总括此次游览之地。随后两句高赞道场山何山之美，这两句诗，也是湖州"爱山台"的由来，现在湖州仍有爱山广场、爱山路、爱山小学等地名。接着十二句具体写道场山何山，林深水密,青林翠竹,泉水潺潺,花香阵阵,碧瓦朱栏。汪师韩《苏诗选评笺释》评"出山回望"四句"摇荡入情",纪晓岚评此四句"若断若连,有自在流行之妙"。末四句化用高人读书之典故,进一步抒发对隐逸生活的向往。

全诗语言清新,意象鲜明,诗人从听觉、视觉、嗅觉等多方面感受山水之美。赵翼《瓯北诗话》称"此皆坡诗中最上乘,读者可见其才分之高,不在功力之苦也"。汪师韩《苏诗选评笺释》评"意尽而止,无往不以自然为工"。纪晓岚评价此诗"纯用唐人转韵格,亦殊宛转多姿"。

南歌子 湖州作[1]

山雨潇潇过,溪桥浏浏清。小园幽榭枕蘋汀。[2]门外月华如水、彩舟横。 苕岸霜花尽,江湖雪阵平。[3]两山遥指海门青。[4]回首水云何处、觅孤城。[5]

(《苏轼词编年校注》)

注 释

[1] 此词作于元丰二年(1079)五月十三日,当时苏轼在湖州任知州,此词与《送刘寺丞赴余姚》同为送别友人刘攽所作,后人朱孝臧《东坡乐府》考证词题应为《送行甫赴余姚》。 [2] 枕:临近,靠近。蘋汀:长满蘋草的水中平地。 [3] 苕:即苕溪。霜花:指苕花。雪阵:指潮水,

钱塘江潮。　[4]海门：指钱塘江入海处的赭山与龛山，两山相对竦立，潮水出其间，俗称海门。　[5]孤城：即菰城，指湖州。

赏　析

　　这首词为苏轼在湖州钱氏园送别友人刘挚所作。上阕写景，山雨潇潇，溪风洌洌，亭榭草长，月华如水，彩舟自横，勾勒出一幅雨后江南美景图。其中"枕"字用得极为精妙。袁行霈《中国文学史》称此景描绘"清新秀美"。下阕借景抒情，想象友人一路离开之景，从苕溪两岸"霜花尽"，到钱塘江上"雪阵平"，意境开阔，也暗含词人对友人的祝愿，最后两句从友人视角回望送别所在处，一张一弛间，依依惜别之情跃然纸上。全词清新雅致，别具一格，读来别有意趣。

定风波

　　余昔与张子野、刘孝叔、李公择、陈令举、杨元素会于吴兴。[1]时子野作六客词，其卒章云："尽道贤人聚吴分。试问。也应旁有老人星。"凡十五年，再过吴兴，而五人者皆已亡矣。时张仲谋与曹子方、刘景文、苏伯固、张秉道为坐客，仲谋请作《后六客词》。[2]

　　月满苕溪照夜堂。[3]五星一老斗光芒。[4]十五年间真梦里。[5]何事？长庚对月独凄凉。　　绿鬓苍颜同一醉。[6] 还是。六人吟笑水云乡。[7] 宾主谈锋谁得似？看取。曹刘今对两苏张。[8]

（《苏轼词编年校注》）

注　释

[1]张子野、刘孝叔、李公择、陈令举、杨元素：此五人为熙宁七年苏轼路过湖州时一同聚会的"六客会"成员，分别是张先、刘述、李常、陈舜俞、杨绘。张先作《定风波令》，为《前六客词》，此五人皆在元祐六年前逝世。　　[2]张仲谋、曹子方、刘景文、苏伯固、张秉道：此五人是元祐六年苏轼再次路过湖州时一同聚会的"后六客"成员，分别是张询、曹辅、刘季孙、苏坚、张弼，张询时任湖州知州，是此次聚会的东道主。苏轼作此词纪念聚会，为《后六客词》。　　[3]堂：指碧澜堂，后又称"六客堂"，是此次雅聚的所在地。　　[4]五星一老：指代六客，一老是苏轼自谓。　　[5]十五年：经薛瑞生考证，题序及上阕中的"十五年"有误，可能是苏轼误记或后人传抄致错，正确的时间为"十七年"。　　[6]绿鬓：指年轻人。苍颜：指老年人。　　[7]水云乡：湖州别称。　　[8]曹刘、苏张：曹刘为曹植和刘桢，亦有曹操刘备之说，苏张为苏秦和张仪，切合此次聚会的"后六客"姓氏。

赏　析

　　这首词是苏轼应当时湖州知州张询所作的《后六客词》。当时苏轼路过湖州，张询设宴，在座的还有曹辅、刘季孙、苏坚、张粞,加上苏轼正好六人。觥筹交错间,苏轼回想起熙宁七年与张先等六人相聚湖州,张先作《六客词》的往事,而如今,物是人非,六客之中,五人已然作古。

  该词的上阕正是借此时苕溪冷寂的夜景抒发词人对逝去好友的缅怀之情,正如韦居安《梅磵诗话》所评"盖惜之也"。下阕回到现实,苏轼虽年过半百,但仍与后辈饮酒赋诗,相谈甚欢,一如当年的"六客会",最后借用"曹刘""苏张"之典故赞美此时在场的好友。整首词也从上阕的苍凉惆怅,转向豁达开怀。词中特有的问答式结构在赋予音韵美的同时,也平添了豪迈与豁达之气。正如胡寅《题酒边词》评苏词:"使人登高望远,举首高歌,而逸怀浩气,超然乎尘垢之外。"

黄庭坚

　　黄庭坚（1045—1105），字鲁直，号山谷道人，世称豫章先生，洪州分宁人（今江西修水）人。治平四年（1067）进士，官至吏部员外郎。北宋著名诗人，"苏门四学士"之首，江西诗派宗主，与苏轼并称"苏黄"。曾在湖州担任知州的孙觉因见黄庭坚聪颖、才华超逸，遂将女儿许配给黄庭坚，并将黄庭坚介绍给苏轼，后苏黄两人成为好友。苏轼称其诗"超轶绝尘，独立万物之表"。除了诗文上的造诣，黄庭坚在书法上亦成就斐然，为宋四家"苏黄米蔡"之一。著有《豫章集》《山谷词》。湖州卞山有一处黄龙洞，相传"黄龙洞"三字为黄庭坚题。

送莫郎中致仕归湖州[1]

霅上多高士，君今又乞身。[2]

中年谢事客，白日上升人。[3]

静泛苕溪月，闲尝顾渚春。[4]

滔滔夜行者，能不愧清尘。[5]

（《黄庭坚诗集注·别集》卷下）

注　释

[1]莫郎中：诗人友人。此诗为诗人送友人致仕退休归隐湖州所作。
[2]乞身：请求辞官归老。　　[3]中年：《世说新语》载，谢安对王羲之说："中年伤于哀乐，与亲友别，辄作数日恶。"白日上升：传说修仙者成功，于白日升天成仙，此指仙人。　　[4]顾渚春：指顾渚茶。
[5]滔滔：形容数量众多。夜行：此处用以强调追名逐利者昼夜奔忙。清尘：清高的风范或境界。

赏　析

　　此诗以送别为主题，巧借湖州的美景与风物，赞赏友人之高洁贤德。首联"雪上多高士"便称赞湖州历来是人才济济、人杰地灵的地方，继而笔锋一转，聚焦莫郎中乞身归隐之举，赞叹其超脱的精神境界。后两句"静泛""闲尝"具体刻画出友人归隐后的闲适生活，可谓是仙人也要艳羡三分。最后通过世间逐名追利者的自惭形秽，进一步赞扬了友人的高洁品格。

　　全诗立意新颖，章法细密，风格奇峭，多用典故，炼字炼句，匠心独运，符合黄庭坚推崇的"无一字来无处"的特点。"雪上高士""苕溪月""顾渚春"等意象地域特色鲜明，交织成一幅湖州独有的山水人文画卷。

秦　观

秦观（1049—1100），字少游，号淮海居士，世称"淮海先生"，扬州高邮（今江苏高邮）人。北宋词人，"苏门四学士"之一。元丰八年（1085）进士，官至太学博士。擅婉约词，发展了长调慢词，《宋史》评其作品"文丽而思深"。著有《淮海集》。曾多次游历湖州，留下众多佳话。

霅上感怀

七年三过白蘋洲，长与诸豪载酒游。[1]

旧事欲寻无处问，雨荷风蓼不胜秋。[2]

（《全宋诗》卷一〇六七）

注　释

[1]三过：秦观于熙宁五年（1072）到湖州访孙觉时初过，熙宁九年（1076）访李公择为二过，元丰二年（1079）追随苏轼而至湖州为三过，故称七年三过。　　[2]蓼：草本植物，花淡红色或白色，多生于水边。

赏 析

  此诗作于元丰二年秋,当时"乌台诗案"发生,诗人听闻苏轼下诏狱之事,急渡钱塘江,回到湖州,探问详情,作此诗抒发忧虑之情。前两句通过"七年三过"的时间跨度,回忆自己与好友载酒欢歌同游白蘋洲的美好往昔。后两句笔锋陡然一转,直抒胸臆,叙写物是人非之感。以"雨荷""风蓼"的意象,营造凄清、萧瑟的秋日氛围;"不胜秋"三字作结,既是写景,更是在写无力对抗残酷官场的无奈与感伤。

  全诗前后对比鲜明,极具反差张力。七年悲乐,高度凝练,尽显沧桑隔世之感。时空意象的交错,构织出深远广阔的意境,使读者体味到人生的酸甜苦辣与作者的无限忧伤。

米 芾

　　米芾（1051—1107），字元章，号襄阳漫士，世称"米襄阳""米南宫"。祖籍太原，后迁居襄阳府。北宋著名书画家、诗人，书法宋四家"苏黄米蔡"之一。官至礼部员外郎。著有《山林集》。苏轼评价米芾有"奔逸绝尘之气，超妙入神之字，清新绝俗之文"。他与湖州结缘甚深，常应好友之邀游历湖州，有多首诗歌赞颂湖州，作有《蜀素帖》《苕溪诗帖》等书法作品。

将之苕溪戏作呈诸友（其一）[1]

松竹留因夏，溪山去为秋。

久赓白雪咏，更度采菱讴。[2]

缕玉鲈堆案，团金橘满洲。

水宫无限景，载与谢公游。[3]

（《宋诗纪事》卷三四）

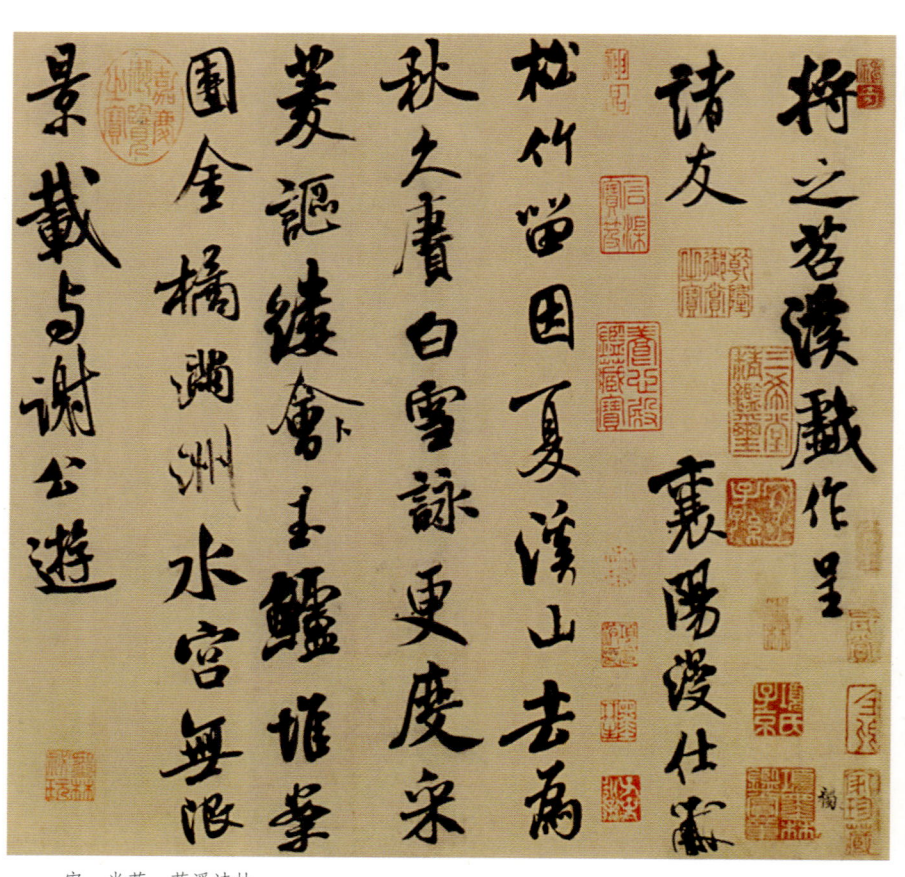

宋　米芾　苕溪诗帖

注 释

[1]《将之苕溪戏作呈诸友》是元祐三年（1088）米芾游湖州前所作的一组诗，共六首，此为其一。　　[2]赓：连续。　　[3]谢公：即谢安，东晋时为吴兴太守。

赏 析

　　诗作于元祐三年，米芾时年三十八岁。他应湖州太守林希之邀来湖游玩，共赏苕溪风光。诗歌前四句主要写苕溪两岸风光无限，夏日松竹，秋日溪山，采菱其间，歌咏不绝。接下来两句写湖州特产与美食，鲈鱼如玉，细切如丝，橘子熟时，犹如团金。最后两句直叹如此美景，正是无限好，并提及曾经的太守，表达了其寄情山水的恣意自得。全诗语言精炼，意象巧妙，金玉对举，黄白相映，颇为新颖，将湖州的特产美食以及山水风光的精妙绝伦显现得淋漓尽致。

　　此情此景之下，米芾即兴书写的诗帖《苕溪诗》，用笔爽利，洒脱不羁，灵巧多变，既赏心悦目，又耐人寻味，是米芾书法代表作之一，闻名书坛，今藏于北京故宫博物院。

晁补之

晁补之（1053—1110），字无咎，号归来子，济州巨野（今山东巨野）人。北宋著名文学家，"苏门四学士"之一。宋神宗元丰二年（1079）进士，官至礼部郎中，后屡遭贬谪。著有《晁氏琴趣外篇》。他以词著称，散文也颇为流畅，苏轼称他"于文无所不能，博辩俊伟，绝人远甚"。崇宁元年（1102），晁补之知湖州，不久再次遭到贬谪。

惜分飞 别吴作[1]

山水光中清无暑，是我消魂别处。只有多情雨，会人深意留人住。　　不及梅花来已暮，未见荷花又去。图画他年觑，断肠千古苕溪路。

（《晁氏琴趣外篇》卷三）

注　释

[1] 吴：即吴兴，指湖州。崇宁元年暮春，晁补之任湖州知州，到任不久即于当年六月奉召返京，此词为其离开湖州时所作。

赏 析

此词是词人短暂地在湖州担任知州后离任时所作。对这短暂停留的山水"消魂处",词人有道不尽的留恋。上阕写吴兴青山绿水相映,即使是盛夏,也毫无暑气,如此消魂之处,词人却要离去,嗔怪山水无情,只有多情的雨水在挽留。下阕先以"梅花""荷花"意象直言自己来得何其迟,离开得又何其急,来去匆匆间,是词人的深深眷恋。最后先自我安慰来年再来看这如画山水地,接着以"断肠千古苕溪路"作结,从眷恋到断肠,流连之情何其深也。全词即景写情,真挚地表达了词人对山水名城湖州的深厚感情。

水龙吟 别吴兴至松江作[1]

水晶宫绕千家,卞山倒影双溪里。[2] 白蘋洲渚,诗成春晚,当年此地。[3] 行遍瑶台,弄英携手,月婵娟际。算多情小杜,风流未睹,空肠断、枝间子。[4]

一似君恩赐与,贺家湖、千峰凝翠。[5] 黄粱未熟,红旌已远,南柯旧事。[6] 常恐重来,夜阑相对,也疑非是。向松陵回首,平芜尽处,在青山外。[7]

(《晁氏琴趣外篇》卷一)

注　释

[1]松江：《吴地记》载："松江一名松陵，又名笠泽。"是太湖支流三江之一，东流与黄浦江合，再北上出吴淞口入海。　[2]卞山：又作弁山，在湖州城北，濒太湖。　[3]白蘋洲渚：在湖州城东门。　[4]小杜：指杜牧。此处用杜牧在大和末游湖时约好纳娶湖州女子，后因逾期，女子另嫁他人的典故。　[5]贺家湖：贺知章隐退乡里后，唐玄宗曾赐镜湖剡川一曲，因此称镜湖为贺家湖。镜湖，今称鉴湖，在绍兴市。此处表示皇恩厚重。　[6]黄粱未熟：《枕中记》载，卢生在邯郸客店白日入眠，梦见经历荣华富贵，梦醒，主人蒸黄粱尚未熟。南柯旧事：取自"南柯一梦"，常比喻世事如梦，富贵易失，一切都是空欢喜。
[7]平芜尽处：化用欧阳修"平芜尽处是春山，行人更在春山外"一句。

赏　析

　　此词作于崇宁元年（1102）。词人曾于少年时随其父宦游两浙上虞等地，此时词人由河中府移任湖州，做了短期知州，不久又被免官。词为告别吴兴途经松江时所作。上阕以"水晶宫""卞山""白蘋洲"等具有湖州特色的意象写其风光依旧，溪水清澈，山峰高峻，由此引出杜牧的典故，表达词人对往昔的缅怀和对湖州的流连不舍。下阕叠用典故，"贺家湖""黄粱未熟""南柯旧事"，感叹往事如梦，荣华富贵终究不过如梦一场，抒发词人生不逢时的唏嘘之情。最后化用欧阳修的词结语，浑然自成，在羁旅愁思中延伸出无穷韵味。全词笔势迭宕，感情细腻而深沉，缅怀、慨叹、欣慰、离愁的情绪相互交织，意味深长。

毛 滂

毛滂（1060—约1124），字泽民，号东堂，衢州江山人。官至秀州知州。有《东堂集》。元符元年（1098）起任湖州武康（今属湖州德清）知县约四年。颇有政绩，心怀百姓，曾自言"我养吾民，媪之负襁"，并改建县令居舍"尽心堂"为"东堂"，作《蓦山溪》词以记其事。

蓦山溪

东堂先晓，帘挂扶桑暖。[1]画舫寄江湖，倚小楼、心随望远。水边竹畔，石瘦藓花寒，秀阴遮，潜玉梦，鹤下渔矶晚。　　藏花小坞，蝶径深深见。彩笔赋阳春，看藻思、飘飘云半。烟拖山翠，和月冷西窗，玻璃盏，蒲萄酒，旋落酴醿片。[2]

（《毛滂集》卷五）

注 释

[1] 东堂：武康县令居舍"尽心堂"，毛滂任武康县令后，因屋舍颓败，重新修葺后改名为"东堂"，内有生远楼、潜玉庵、画舫斋、寒秀亭、松桂亭、阳春亭，更融池、矶、山、坞、径、巢于一堂。毛滂后有多首诗词就东堂而作。其自号东堂，也与此有关。　　[2] 酴醾（tú mí）：花名，色黄如酒。

赏 析

　　此首词是毛滂到任武康不久后所作。上阕从东堂落笔，随后"画舫""小楼""竹畔""潜玉""渔矶"等既是对东堂后花园中典型景致的刻画，又是词人在此画中游的描绘。下阕继续移步换景，"花坞""蝶径""山翠""月冷"，在这优美清静中，吟诗赏月，饮酒观景，美哉乐哉。面对此情此景，难怪清代词论家楼敬思读完后感叹"其令武康东堂《蓦山溪》最著"，艳羡其中"萧然尘外"之趣。

　　这首词也见证了毛滂向半仕半隐的闲适生活的转变。毛滂诗词中存在着不少赏花品茗、游山玩水等反映宋代文人雅趣的作品，也是由于以上转变，可以说是他后期雅玩的一个总叙，这样也就不难理解毛滂何以把他的作品命名为《东堂集》了。

葛胜仲

葛胜仲（1072—1144），字鲁卿，常州江阴（今江苏江阴）人，后徙丹阳。北宋著名词人，与其子葛立方、其孙葛郯被唐圭璋先生称为江阴"三葛"。绍圣四年（1097）进士，官至太府少卿、国子祭酒。著作有《丹阳集》。葛胜仲两次任湖州知州，常与寓居湖州的叶梦得等人唱和。晚年直至逝世，一直居住在湖州。其"诗清丽有句法"，"其词亦能入雅字"。

临江仙[1]

千古乌程新酿美，玉觞风过粼粼。[2] 歌声未办起梁尘。[3] 九天持斧客，来作绣衣人。[4] 夙有辞华惊乙览，传闻献颂东巡。[5] 未应握节久宾宾。一封驰诏旨，却醉上林春。

（《全宋词》）

注 释

[1]此词作于宣和五年（1123）葛胜仲任湖州知州时。　[2]乌程新酿：乌程酒。　[3]起梁尘：形容歌声美妙。　[4]持斧客，绣衣人：

汉武帝时,设绣衣直指御史,赴郡国治大狱,捕盗贼。绣衣直指皆着绣衣,持斧钺。此处指御史。　　[5]乙览:用唐文宗典故,以"乙览"称御览,即皇帝过目。此处指受朝廷重用。

赏　析

　　此词作于词人任湖州知州期间。此时词人经过仕途中落而复起,心情好转,词中多快意之言。上阕以乌程美酒为引,描绘了美酒歌声相伴的场面,营造了愉悦和谐的宴饮氛围。下阕大力赞赏了词人自己与宾客的惊才绝艳,表达了终于被任用的快意。尾句"却醉上林春"抒发了词人沉醉于宴饮和春景中,不愿散场的留恋之情。

　　全词用简练的词句营造出融洽的氛围,表达了词人恣意于湖州山水与美景的快感,微微流露出对官场沉浮的随遇而安之意,全词意境深远、韵味悠长。其中"千古乌程新酿美,玉舫风过粼粼"一句,描绘了一幅饮酒赏景的美妙画面,是对湖州名酒乌程酒的极高赞誉,成为乌程美酒最好的推广词之一。

叶梦得

叶梦得（1077—1148），字少蕴，苏州吴县（今苏州）人，居湖州乌程（今湖州）。宋代著名词人。绍圣四年（1097）登进士第，官至福建安抚使、知福州。晚年隐居湖州弁山玲珑山石林，故号石林居士。有著作《石林集》。叶梦得开拓了南宋前半期以"气"入词的词坛新路。毛晋《石林词跋》称其词"与苏、柳并传，卓有林下风，不作柔语滞人，真词家逸品"。

水调歌头

秋色渐将晚，霜信报黄花。小窗低户深映，微路绕欹斜。为问山翁何事，坐看流年轻度，拼却鬓双华。[1]徙倚望沧海，天净水明霞。[2]　念平昔，空飘荡，遍天涯。归来三径重扫，松竹本吾家。[3]却恨悲风时起，冉冉云间新雁，边马怨胡笳。[4]谁似东山老，谈笑净胡沙。[5]

（《全宋词》）

注 释

[1]山翁：《晋书·山简传》载山简好酒易醉，时人称其为山翁，此处词人以山翁自称。　[2]沧海：此处借指太湖。　[3]"归来"二句：化用陶渊明《归去来兮辞》中"三径就荒，松菊犹存"。指辞官隐居。　[4]胡笳：指军中的号角，与前一句"新雁"一起指代战争的信息。　[5]东山老：谢安曾隐居东山，李白诗"但用东山谢安石，为君谈笑静胡沙"。此处是词人以谢安自况。

赏 析

　　这是词人告老隐居时所作之词。当时金国南侵，皇帝听信谗言意欲求和，岳飞等人被冤杀，词人心有余而力不足。上阕以写秋景开始，暮秋时节，菊花开放，小窗低低掩映在花丛之中，蜿蜒小路仿佛在叩问词人心事，但词人却只能徒看山水明澈，任由时光虚度，双鬓发白。这里词人面对湖州卞山与太湖之景，袒露了英雄失路、报国无门的焦虑。下阕追念平生蹉跎岁月，词人自述飘荡一生，最终归隐山林，此时却频频传来战争信息，使得词人既忧虑又不甘，渴望如谢安一般谈笑间从容破敌，赢得四海安定。

　　全词语言明快，感情深沉，有进退之间的矛盾，但更多的是词人的拳拳爱国心。正如关注在《题石林词》中所评价的，"能于简淡时出雄杰，合处不减靖节、东坡之妙"。

水龙吟

八月十三日，与强少逸游道场山，放舟中流，命工吹笛舟尾，迎月归作。[1]

舵楼横笛孤吹，暮云散尽天如水。人间底事，忽惊飞堕，冰壶千里。玉树风清，漫披遥卷，与空无际。料嫦娥此夜，殷勤偏照，知人在、千山里。

常恨孤光易转，仗多情、使君料理。一杯起舞，曲终须寄，狂歌重倚。为问漂流，几逢清影，有谁同记。但尊中有酒，长追旧事，拼年年醉。

（《全宋词》）

注 释

[1]强少逸：作者友人。道场山：在今湖州市吴兴区道场乡。中流：指江心。工：指乐工。

赏 析

此词作于词人赋闲隐居湖州与友人一同游览道场山后泛舟而归之时。上阕开始写归途夜景，此时暮云散去，天清如水，舟上孤笛吹响，月光交接，如同飞落人间的冰壶，月光之下，玉树风清，如同无际的画卷，美不胜收，接着料想唯有遍照千里的嫦娥知晓词人在此赋闲，宁静的夜景中孤寂之意涌上心头。下阕转向抒情，"恨"字总领词人此时心境，虽想要狂歌于明月山水之间，陶醉于起舞清影之中，却恨时光飞逝，追怀当年往事，已经无人同记，只能以"年年醉"来解脱消遣。全词意象鲜明，语言精练，意韵深远，情调虽然较为消沉，但读来仍令人荡气回肠。

明　宋旭　湖州十八景图·道场山

汪 藻

汪藻（1079—1154），字彦章，号浮溪，饶州德兴（今江西德兴）人。宋代诗人。宋徽宗时，他与胡伸有"江左二宝"的美誉。崇宁二年（1103），封新安郡侯。有著作《浮溪集》。吕留良《宋诗钞》称赞他的诗歌"高华有骨，兴寄深远"。绍兴元年（1131），汪藻担任湖州知州。

湖州长兴县大雄寺陈霸先故宅天嘉中所植桧柯叶苍然其中空洞皮脉仅存而已[1]

曾经浩劫故依然，老寿方知木有仙。

直干凌空裁百尺，虚心阅世已千年。

深蟠泽国兴王地，独傲天公造物权。

玉树庭花非不好，只今谁占旧山川。

（同治《湖州府志》卷九六）

注 释

[1] 大雄寺：在湖州长兴县，相传为陈霸先故居。陈霸先（503—559），字兴国，吴兴长城（今湖州长兴）人，南朝陈开国皇帝。身经

百战，在位仅三年，但任贤举能，政治清明，是中国古代优秀的政治家和军事家。

赏　析

此诗为汪藻游览陈霸先故居时借由一棵古树所作的抒怀之作。通篇歌颂古树极为顽强的生命力，并赋予古树以人的灵魂。首联点题，写古树历经浩劫依然挺立，赞叹古树的"长寿"；颔联承接首联，以"凌空百尺""阅世千年"等形象展现古树的雄伟与生命力之顽强；颈联在怀古中，继续赞叹古树历经千年、独自傲然的卓绝；尾联以对比的方式，指出庭院中的花草亦美，却不及这棵古树历经千年的历史纵深感。

全诗观察细腻深刻，借由对古树的描绘与赞叹，既饱含诗人对陈霸先这位贤明君王的怀念和对历史变迁的深思，也隐含着诗人对北宋末年、南宋初期社会动荡的忧虑，折射出当时宋代文人的普遍心境，意韵深远。

沈与求

沈与求（1086—1137），字必先，号龟溪，湖州德清人。登政和五年（1115）进士第，官至参知政事兼知枢密院事，他直言敢谏，忠君爱国，始终以国家利益为重。其诗词多写农事，风格清新，著有《龟溪集》。

江城子

葛使君示书，有元夕寒厅孤坐之叹。[1] 昨日石林寄示所和长短句，辄亦次韵和呈，因以自见穷寂之态。[2]

华灯高宴水精宫。浪花中。意无穷。十载江湖，重绾汉符铜。[3] 应有青藜存往事，人缥缈，佩丁东。

卧听萧寺响疏钟。渡溪风。转空濛。月上孤窗，邻唱有渔翁。追念使君清坐久，歌一发，恨千重。

（《全宋词》）

注 释

[1]葛使君：指葛胜仲。元夕：元宵。　[2]石林：指叶梦得。叶梦得在葛胜仲之后作《江城子·次韵葛鲁卿上元》。　[3]重绾：再系。

汉符铜：指铜虎符，汉代为郡守国相持有。此处指葛胜仲再知湖州。

赏 析

  此词作于葛胜仲再次出任湖州时，为应和葛胜仲而作，显现出当时湖州士人的唱和之风，也是宋词进一步士大夫化的表征。上阕先写宴会的奢华与热闹，华灯璀璨，波光粼粼间触景生情，通过对往事的追忆，抒发人生无常的感慨。下阕转述词人自身境况，卧听钟声，月进孤窗，溪风歌声，视听触觉相结合，多感官描写，渲染了寂静与空灵的氛围，最后以"恨千重"作结，加强了此时的孤寂与无奈之感。

  全词意境悠远开阔，情感真挚，语言清新自然，典雅深远，既反映了湖州幽静的山水，也体现了词人此时内心的孤寂和对时光流转、人事变迁的感慨与思考。

张元幹

张元幹(1091—1161),字仲宗,号芦川,福州永福(今福建永泰)人。南宋著名爱国主义词人,与张孝祥并称南宋初期的"词坛双璧"。著有《芦川归来集》。他既有"风格慷慨悲凉"的豪放之作,亦有"妩秀之致"的清丽之词。金兵围汴,张元幹入李纲麾下坚决抗金,于建炎三年(1129)秋到湖州避难。后因赋《贺新郎》词赠李纲,遭除名削籍,晚年曾寓居湖州,留下许多佳作。

浣溪沙

山绕平湖波撼城,湖光倒影浸山青。水晶楼下欲三更。[1] 雾柳暗时云度月,露荷翻处水流萤。萧萧散发到天明。

(《全宋词》)

注 释

[1]水晶楼:同水晶宫,此处代指湖州。

赏 析

  此词作年不详,推测为词人晚年漫游吴兴时所作。开始化用孟浩然"波撼岳阳城"一句,以宏大之笔勾勒出一幅壮丽的湖光山色图,接着转写水清山润的淡荡之美,"欲三更"直抒词人对此美景的热爱与留恋。下阕描绘夜景,雾浓天暗,柳丝弄月,流萤照水,荷珠泻影,直让词人全然陶醉在这山光水色之中。披发至天明,则显现出词人自由轻松、狂放不羁的形象。

  全词清新明朗,动静相兼,意境流动,诗情画意之中既描绘了湖州山水之美,又抒发了词人对山水自然风光的留恋,展露出词人超脱世俗、洒脱闲适的情怀。

胡 仔

胡仔（约1095—1170），字元任，徽州绩溪（今安徽绩溪）人。南宋文学家。官至广西提刑司干办。胡仔自绍兴十三年（1143）起隐居湖州横塘（今湖州市内莲花庄西）二十余年。胡仔在湖州时，日以垂钓为乐，因此自号"苕溪渔隐"。著作有《苕溪渔隐丛话》，是文学史上重要的诗话著作。

满江红

泛宅浮家，何处好、苕溪清境。[1]占云山万叠，烟波千顷。茶灶笔床浑不用，雪蓑月笛偏相称。争不教、二纪赋归来，甘幽屏。[2]　　红尘事，谁能省。青霞志，方高引。任家风舴艋，生涯笭箵。[3]三尺鲈鱼真好脍，一瓢春酒宜闲饮。[4]问此时、怀抱向谁论，惟箕颍。[5]

（《全宋词》）

注 释

[1]泛宅浮家：指以船为家，浪迹江湖，典出唐代张志和回答颜真卿的话语。　[2]二纪：一纪为十二年，二纪二十四年，概指胡仔闲居湖州二十余年。　[3]笭箵（líng xǐng）：指渔具，也用于指代装鱼的竹笼。[4]"三尺"句：用晋代张翰典故。张翰曾因思念家乡菰菜莼羹鲈鱼脍而辞官归乡。　[5]箕颖：箕山和颖水。尧时许由曾隐居在这两个地方，后以此指隐居者或隐居之地。

赏 析

　　这首词是胡仔自叙隐居苕溪生活的作品。上阕化用在苕溪边隐居的"烟波钓徒"张志和的名句，随后以自问自答的方式引出对湖州"清境"的赞美。其中，"泛宅浮家"从张志和开始就已经逐渐成为隐逸的象征，后逐渐成为湖州地域文化中最重要的文化符号之一。接着，词人以宏大的笔触描绘周围云山叠翠、烟波浩渺的环境，营造出一种超脱尘世的氛围。下阕先是直抒词人归隐之志，接着借用张翰、颜回、许由等典故，叙归隐缘由，抒渔隐情趣，略含对南宋现实的不满。其中，"三尺鲈鱼真好脍，一瓢春酒宜闲饮"极力赞扬了湖州的鲈鱼与美酒，成为湖州物产丰厚的上好代言。全词用典浑化无迹，抒情真挚深切，孤傲中含有几分感慨，反映了宋代文人隐逸词的显著特色。

王十朋

王十朋（1112—1171），字龟龄，号梅溪，温州乐清人。绍兴二十七年（1157）举进士第一，授绍兴府签判。官至太子詹事，以龙图阁学士致仕。有《梅溪集》。他曾于乾道三年到四年间（1167—1168）任湖州知州，虽在湖州只有十个月左右，但在赈灾、兴学、恤民等方面多有建树，并带头拿出俸禄修复学宫，留下诸多有关湖州的诗歌。王十朋去世后，湖州百姓感念其功德，在岘山建起三贤祠，与苏轼、颜真卿并称。

仲冬释奠于学同诸公登稽古阁观弁山望太湖阅壁上题名诵范文正公吴兴先生富道德诜诜弟子皆贤才之句 [1]

吴兴学校规模壮，安定先生道德崇。[2]
苕霅溪同洙泗水，汀洲蘋有藻芹风。[3]
山知尊道犹端弁，湖欲依光故近宫。
壁上题名观尚友，诸儒事业圣贤中。

（《梅溪集》卷五三）

注 释

[1]释奠：古代学校的一种典礼，陈设酒食以祭奠先圣先师。范文正：即范仲淹，曾有诗"吴兴先生富道德，诜诜弟子皆贤才"，赞扬湖学所培养的人才多秀异之士。　[2]安定先生：胡瑗（993—1059），字翼之，泰州海陵（今属江苏泰州）人。祖籍安定，学者称其为"安定先生"，北宋学者、理学先驱、思想家和教育家。庆历二年（1042），胡瑗至湖州州学任教，分经义、治事二斋，以致"四方之士云集受业"，创立"湖学"，对湖州地方文化发展作出巨大贡献。　[3]洙泗：洙水和泗水，均在山东境内，代称儒家文化。

赏 析

此诗作于农历十一月。为祭奠先贤，诗人与好友登上湖州的稽古阁，观赏弁山和太湖景色，看到墙上范仲淹题写的诗句，诗人有感而发作此诗。首联写胡瑗兴办湖学，道德崇高。颔联既写湖州苕溪、霅溪、白蘋洲风景，亦以此作比，盛赞湖州湖学盛行，人才济济。接着颈联赋予山和湖以人的意志和情感，表达了对道德和学问的尊崇。尾联直抒胸臆，显露出诗人对前贤的敬仰和对学问传承的重视。全诗情感深厚，景中含情，笔调庄重，是王十朋任湖州知州时追慕前贤、振兴湖学、开启民智的心迹展露。

倪 称

倪称（1116—1172），字文举，号绮川，湖州归安人。南宋词人，南渡后居湖州，与芮国瑞友善，被国瑞称为药石友。高宗绍兴八年（1138）进士，官至太常寺主簿。著有《绮川集》。《全宋词》收其词三十三首。倪称的许多词描写湖州风景。

蝶恋花

读东坡《蝶恋花》词，有会于予心，依韵和之。予方贸地筑亭于光远庵之侧，他日将老焉。植梅种竹，以委肖韩，故句尾及之，使知鄙意未尝一日不在兹亭也。

长羡东林山下路。[1]万叠云山，流水从倾注。两两三三飞白鹭。不须更觅神仙处。　　夜久望湖桥上语。欸乃渔歌，深入荷花去。[2]修竹满山梅十亩。烦君为我成幽趣。

（《全宋词》）

注　释

[1]东林山：在今湖州市吴兴区东林镇。乾隆《湖州府志》卷五："在

明　戴进　风雨归舟图

府城南五十四里。" [2] 欸（ǎi）乃：划船的摇橹声。

赏 析

该词是词人读苏东坡《蝶恋花》词后依韵所和之词。上阕以一个"羡"字总领词人对故乡景色之喜爱，随之生动地描绘了湖州东林山附近的秀丽风光：云山万叠，飞泉倾泻，白鹭翩翩，宛如仙境。下阕继续写景，望湖桥上，低语传来，荷花深处，渔歌欢唱，翠竹山梅，漫山遍野，如此幽静怡人的环境，令词人归隐此处的心情更甚。

全词淡雅幽静，写景韵味深长，抒情直吐胸怀，不仅刻画出湖州山水"神仙处"的意境，而且显露出词人的归隐之意。《宋词百科辞典》称此词"词语疏淡，画面明洁，主人公情态隐约可见"。

范成大

范成大(1126—1193),字至能,一字幼元,平江府吴县(今江苏苏州)人。早年自号此山居士,晚号石湖居士。绍兴二十四年(1154)登进士第,官至敷文阁待制、四川制置使。晚年退居石湖,加资政殿大学士。有《范石湖集》。

濯缨亭在吴兴南门外 [1]

凄风急雨脱然晴,当道横山似见迎。[2]

野水茫茫何用许,斓供游子濯尘缨。[3]

(《范成大集》卷一三)

注　释

[1]濯缨亭:嘉泰《吴兴志》卷一三:"濯缨亭在南门内,绍兴初知州事朱胜非建,瞰余不溪清水,故以濯缨为名。"　[2]横山:又称衡山。在湖州城南。　[3]斓:同"烂"。

赏　析

此诗为乾道八年(1172)诗人在湖州舟行至南门所作。前两句描绘天气突变，从凄风急雨到豁然天晴，而原先挡住去路的横山仿佛瞬间变成了迎接诗人的使者。后两句运用设问，写这野水茫茫无边有什么用呢？原来是用于供风尘仆仆的游子洗濯休整的。

全诗语言简练而意味深长。"濯尘缨"表面上是指用野水洗去游子身上的灰尘，实则有赞扬吴兴山水清秀之意，同时也流露出诗人洗尽缨尘，整装待发，"穷则独善其身，达则兼济天下"的豁然。

明　宋旭　湖州十八景图·新塘

杨万里

杨万里（1127—1206），字廷秀，号诚斋、诚斋野客，吉州吉水（今江西吉水）人。绍兴二十四年（1154）进士及第。官至江东转运副使。有《诚斋集》。杨万里曾多次路过湖州，有多首诗记录湖州山水与风情，其子杨伯孺曾于宋嘉定年间任湖州知州。

舟过德清

人家两岸柳阴边，出得门来便入船。
不是全无最佳处，何窗何户不清妍。

（《杨万里集笺校》卷八）

赏　析

此诗为诗人淳熙四年（1177）离开家乡前往常州任知州，途经德清时所作。前两句写诗人乘船经过德清时见到的宜人风光和独特风俗：小桥流水，依依杨柳，枕河人家，出门登舟，以船代步。后以设问收尾，说的是无处不佳，因而不能举其最胜，通过两个"不"、一个"无"字凸显了诗人对德清水乡风光的无限赞美与喜爱。

全诗语言简练，叙出游、赏水景、发情志，三言两语便道出德清水乡如诗如画、清丽婉约的风貌，意境深远。诗中"清妍"两字亦成为德清山水之目。

宿新市徐公店（其一）[1]

篱落疏疏一径深，树头新绿未成阴。

儿童急走追黄蝶，飞入菜花无处寻。

（《杨万里集笺校》卷八）

注 释

[1] 新市：新市镇，属湖州德清县。

赏 析

  这是杨万里流传甚广的七绝之一，是诗人在新市徐姓人家开的客店住宿时所见。前两句写村头小景，篱笆稀疏，小径悠长，暮春时节，新叶未满，既将清新宁静的农村风貌展露无遗，又极为自然地铺垫了后两句儿童追捕黄蝶的地点和时间。后两句先是用"急走"与"追"相结合，惟妙惟肖地渲染了儿童跌跌撞撞去追蝶的兴奋与欢快，随后写蝴蝶飞入繁茂的菜花之中，此时笔墨戛然而止，却不禁令人遐想此时孩童无处寻蝶四处张望的焦急与无奈，童真童趣如现眼前。

  全诗立意用语清新自然，摄取的景物极其平淡普通，描绘的

明　李泉　菜花蝶图

人物活动也极为平常，诗人却用他细致入微的观察力，在巧妙的动静结合中，既极为传神地刻画出恬然宁静的农村生活，又将自己的喜悦之情融会其中，读来兴味盎然，别有风趣，显现出"诚斋体"之"活"。

沈 瀛

沈瀛，生卒年不详，字子寿，号竹斋，湖州归安人。绍兴三十年（1160）进士。历江东安抚司参议、江州知州等职。著有《旁观录》《竹斋词》。叶适《沈子寿文集序》称其文"不为奇险而瑰富精切，自然新美"。沈瀛善于描写家乡湖州清丽优美的山水景物。

满江红

半世飘蓬，今何幸、得归乡曲。却还似、重来燕子，认巢新屋。好是秋晴风日美，饭香云子炊如玉。念蟹螯、满把欲黄时，筹新绿。[1]　仍更有，初开菊。何妨更，重添竹。与此君相对，且无荣辱。待得吾庐三径就，此生素愿都齐足。任三竿、红日上檐梢，眠方熟。

（《全宋词》）

注　释

[1] 筹（chōu）：滤酒的竹制器具。新绿：新酒。

赏　析

　　此词作于沈瀛晚年，他决定还乡归隐湖州时。整首词充满了他皈依山水后内心安然、平和欣喜之情。上阕以"半世飘蓬"开始，表达了词人半生漂泊的感慨，接着"今何幸、得归乡曲"抒发了归乡的欣喜。词人将自己比作归巢的燕子，进而描写了湖州秋日明媚的天气、醇厚的炊烟、鲜美的湖蟹、清爽的新酒。下阕继续描写回乡后的隐居生活，菊竹相伴，荣辱无忧，日上三竿，犹能酣眠，真是好不惬意！

　　全词词风淡雅素净。词人对湖州美景、美食详细摹写，不仅体现他对故乡的依恋、喜爱之情，还展现了湖州风景宜人、佳肴诱人的特点。

辛弃疾

辛弃疾（1140—1207），字幼安，号稼轩，济南府历城（今山东济南）人。二十一岁参加抗金义军，曾任耿京军掌书记，不久投归南宋，官至浙东安抚使、镇江知府。著有《稼轩长短句》。在浙东安抚使任上，辛弃疾漫游吴中、湖州，记录了不少地方风物。

渔家傲 湖州幕官作舫室[1]

风月小斋模画舫，绿窗朱户江湖样。[2]酒是短桡歌是桨。和情放，醉乡稳到无风浪。[3] 自有拍浮千斛酿，从教日日蒲桃涨。[4]门外独醒人也访。[5]同俯仰，赏心却在鸱夷上。[6]

（《辛弃疾词编年笺注》卷六）

注　释

[1]湖州幕官：当时湖州州府中的幕僚。舫室：画舫形的小斋。辛弃疾本人并未在湖州为官，此词推测为其在浙东安抚使任上，为湖州幕官所作。　[2]绿窗朱户：化用苏轼《大雪青州道上有怀东武园亭寄交代孔周翰》诗中"盖公堂前雪，绿窗朱户相明灭"句。　[3]"醉乡"句：

化用李煜《乌夜啼》词中"醉乡路稳宜频到,此外不堪行"句。　　[4]拍浮:化用《世说新语·任诞》毕卓典故。东晋毕卓曾言:"一手持蟹螯,一手持酒杯,拍浮酒池中,便足了一生。"另,苏轼《莫笑银杯小》诗中有"万斛船中着美酒,与君一生长拍浮"句。蒲桃:即葡萄。蒲桃涨说的是酿酒。李白《襄阳歌》中有"遥看汉水鸭头绿,恰似葡萄初酦醅"句。[5]独醒:化用《楚辞·渔父》中"举世皆浊我独清,众人皆醉我独醒"句。　　[6]鸱夷:皮制的口袋,用以盛酒。

赏　析

　　该词上阕开篇先是点题描绘舫室,实为"风月小斋",画舫模样,绿窗朱户,接着词人展开新颖的设想,以酒比桡,以歌比桨,并随即化用李煜词中句点明醉酒之中,可以尽情行乐,不用担心风浪发生。下阕化用李白、苏轼诗意,写让酒如江水般日日酦醅,让宾客尽情"拍浮"其中。随后借《楚辞·渔父》中独醒者形象,写其与船舫中宾客一同俯仰于醉酒中,从中寻找慰藉。看似旷达,实则是正话反说,更见心绪之抑郁与悲凉。

　　该词展现了辛弃疾不但善于创造生动鲜活的艺术形象,也长于运用传统诗中的比兴手法,活用典故与诗文,不仅展现了辛弃疾作为南北宋歌词艺术集大成者的成就,也展露了宋时湖州士人的舟游与饮酒文化。

姜 夔

姜夔（约1155—约1221），字尧章，号白石道人，饶州鄱阳（今江西鄱阳）人。自幼随父宦居汉阳，成年后旅居江淮，往来淮、鄂等地。著有《白石道人诗集》《白石道人歌曲》《续书谱》《绛帖平》等。淳熙十三年至庆元二年（1186—1196）曾寓居湖州，留下了不少诗作。

下菰城[1]

人家多在竹篱中，杨柳疏疏尚带风。

记得下菰城下路，白云依旧两三峰。

（《白石道人诗集》）

注 释

[1] 下菰城：遗址位于今湖州城南吴兴区道场乡菰城村。战国时期春申君黄歇在此建城置县，是湖州建城史的开端。

赏 析

此诗记叙了庆元二年（1196）初冬诗人独自一人的下菰城之旅，

如实再现了一幅田园山景图。首两句以白描之笔刻画下菰城的乡村风光，竹篱环绕着人家，杨柳随风摇曳，营造了宁静古朴的氛围。与湖州西部漫山遍野皆是竹不同，在湖州南部平原地区，青青修竹散落在人家之间。后两句诗人回忆起曾经走过的下菰城的道路。"依旧"二字将现实与回忆、远山与白云融合在一起，虽然没有直接言情，却传达出诗人对宁静乡村生活的喜爱，以及对时光和世事变迁的思索。整首诗语言简洁明快，意境清雅隽永。

惜红衣

吴兴号水晶宫，荷花盛丽。陈简斋云："今年何以报君恩，一路荷花相送到青墩。"[1]亦可见矣。丁未之夏，予游千岩，数往来红香中，自度此曲，以无射宫歌之。[2]

簟枕邀凉，琴书换日，睡余无力。[3]细洒冰泉，并刀破甘碧。墙头唤酒，谁问讯、城南诗客。岑寂，高柳晚蝉，说西风消息。　　虹梁水陌，鱼浪吹香，红衣半狼藉。维舟试望，故国眇天北。[4]可惜渚边沙外，不共美人游历。问甚时同赋，三十六陂秋色。

（《姜白石词笺注》卷二）

注　释

[1]陈简斋：陈与义，字去非，号简斋，任湖州知州，于绍兴五年（1135）托病辞去湖州知州，卜居湖州青墩镇（今嘉兴市桐乡市乌镇），写有《虞美人》词。　[2]千岩：在湖州弁山。无射宫：我国古代十二音律之一。这段小序交代了作词缘起，淳熙十四年丁未（1187）词人寓居吴兴，独游弁山千岩，被夏日荷花之盛丽所吸引，遂作此词。　[3]簟（diàn）：凉竹席。　[4]故国：指北宋的汴京（今河南开封）。

赏　析

此为姜夔独游吴兴弁山千岩后所作的一首咏物词。在小序交代作词缘起后，上阕先是描绘了夏日闲居生活，读书抚琴打发时光，冰泉瓜果消解暑气。紧接着反用杜甫诗事，感叹自己不如杜甫，无人问津。"岑寂"一词直言客居的寂寞，"高柳晚蝉，说西风消息"赋蝉以人意，从炎夏之盛荷转至秋日之萧瑟，笔致瘦硬，情调高妙，道尽了落魄词人的凄凉心境。下阕先写水乡清美之景，随后笔锋一转写荷花凋零之象，承接上阕尾句之凄凉寂寥，由此引出此词的本意，联想到被攻陷的故都汴京。"可惜"一词后直抒胸臆，望远怀人，表达了无美人相伴的遗憾与漂泊江湖的寂寞。

整首词结构曲折，意脉精微，风格清空刚劲。俞陛云《唐五代两宋词选释》中评此词"言情多于写景，下阕尤佳。其俊爽绵远处，正如词中之并刀破碧，方斯意境"。刘熙载《艺概·词曲概》称"幽韵冷香，令人挹之无尽"。

琵琶仙

《吴都赋》云"户藏烟浦,家具画船",唯吴兴为然。春游之盛,西湖未能过也。己酉岁,予与萧时父载酒南郭,感遇成歌。[1]

双桨来时,有人似、旧曲桃根桃叶。[2] 歌扇轻约飞花,蛾眉正奇绝。春渐远、汀洲自绿,更添了、几声啼鴂。[3] 十里扬州,三生杜牧,前事休说。[4]

又还是、宫烛分烟,奈愁里、匆匆换时节。[5] 都把一襟芳思,与空阶榆荚。千万缕、藏鸦细柳,为玉尊、起舞回雪。想见西出阳关,故人初别。[6]

(《姜白石词笺注》卷二)

注　释

[1] 己酉岁:孝宗淳熙十六年(1189)。萧时父:萧德藻之侄,姜夔妻兄。
[2] 桃根桃叶:东晋王献之爱妾名桃叶桃根,此处借指词人深恋之人。
[2] 啼鴂(jué):杜鹃鸟的啼叫。　[4] 三生杜牧:出宋黄庭坚《广陵早春》诗:"春风十里珠帘卷,仿佛三生杜牧之。"三生,佛家语,指过去、现在、未来三世人生。　[5] 宫烛分烟:出自唐韩翃《寒食》诗"日暮汉宫传蜡烛",指清明寒食时节。　[6] 西出阳关:化用王维《送元二使安西》中"西出阳关无故人"句。指别宴上的乐曲。

赏 析

　　此词为词人客居吴兴时感遇而作。小序交代了作词缘起,同时描绘了湖州水乡家家有船的特色与春游之胜景。词的上阕先是借春游所遇叙往事。画船由远及近,船中人的一颦一笑都勾起了词人的相思。"春渐远"后感叹离别光阴难度。接着借杜牧之典故,表达对过去的追念和无奈。下阕感时伤怀,寒食清明时节,风景依旧,奈何流年逝水,一去不回,榆荚细柳,都沾染上了词人的满怀情思。尾句化用"西出阳关"句,回想当年初别情景,感伤更甚,语尽而意无穷。

　　整首词结构跌宕,用语空灵,借景抒情,情景交炼,感情真挚,正如陈匪石《宋词举》中评此词"全篇以跌宕之笔写绵邈之情,往复回环,情文兼至"。

汪 莘

汪莘(1155—1227),字叔耕,徽州休宁(今安徽休宁)人。南宋诗人。布衣,隐居黄山,晚年筑室柳溪,自号方壶居士。著作有《方壶存稿》。陆心源在《皕宋楼藏书志》中称其"为文章雄壮奇伟"。常访友人于湖州,留下许多佳作。

访杨湖州(其一)[1]

一道西江隔水云,夜瞻牛斗共天文。[2]

圣之清必先夫子,仁者勇须今使君。

天下山川居一半,湖州风月占三分。

锦囊幸许传抄去,预取兰香手自薰。

(《两宋名贤小集》卷一九二)

注 释

[1] 杨湖州:即杨伯嵒,杨万里之子,时任湖州知州。这是汪莘拜访杨伯嵒后所写的组诗之一。另有一首写道:"苕溪霅溪风景好,浙西浙东皆弗如。处处堤边种杨柳,家家门外有芙蕖。使君远继东坡事,处士端宜耘老居。闻道香名来一访,白须照水久踌躇。"同样赞美湖州风景,

点出了湖州的水乡特色以及深厚文化底蕴。　　[2]西江：指西苕溪。当时汪莘隐居黄山，隔西苕溪。牛斗：二十八宿中的斗宿和牛宿，分野对应古扬州。湖州与黄山一带，同属于斗、牛二宿之分野，故有此说。

赏　析

　　此诗为诗人拜访杨伯孺后所作的组诗之一。首联描绘了湖州的自然风光，前一句道出了湖州的水乡特色，后一句通过夜观星斗进一步展现出湖州的山清水秀。颔联由自然之景转写湖州人文底蕴之深厚，同时表达了对杨伯孺的敬仰。颈联"天下山川居一半，湖州风月占三分"，大力称赞湖州山水清绝，成为流传至今的名句，也是湖州山水最好的代言。尾联通过写诗人对湖州文化的珍惜，凸显湖州文化的深厚与珍贵。全诗着力描绘湖州美景，给予湖州极高评价，抒发了作者对湖州由衷的喜爱与赞美之情。

居 简

居简（1164—1246），俗姓王，字敬叟，号北碉，潼川府通泉（今四川射洪）人。宋代临济宗僧人。嘉熙中，敕住净慈光孝寺。有《北碉诗集》。张自明在集序中高赞："读其文，宗密未知其伯仲；颂其诗，合参寥、觉范为一人不能当也。"

忆 霅[1]

梦忆湖州旧，楼台画不如。

舟从城里过，人在水中居。

闭户防惊鹭，开窗便钓鱼。

鱼沉犹有雁，不寄一行书。

（《宋诗纪事》卷九三）

注 释

[1] 霅：霅溪。作者曾游湖州，有《小泊湖州》诗。

赏 析

这首诗是诗人对曾经游历过的湖州一带的回忆。开篇"梦忆"

二字直接将读者带入到湖州故地的美景之中,"楼台画不如"直陈诗人对湖州美景的赞美,这是任何画都无法比拟的。随后两联诗人运用典型的水乡意象惟妙惟肖地描绘了湖州水乡的风貌,舟行城中,人们仿佛居住在清澈的水中,关门以防惊扰了白鹭,开窗即可享受垂钓之趣。最后以鱼与雁的意象寄托了诗人对湖州故人的思念,只是不见故人书信,略略流露出了诗人的孤独之意。

全诗以清新脱俗的语言,细腻地描绘了湖州突出的水乡风光与居于其间人们的闲适生活,给人以真纯、自然的美感。全诗起承转合,自然圆转,正如《四库全书总目提要》所说,"不摭拾宗门语录,而格意清拔"。

吴　潜

吴潜（1196—1262），字毅夫，号履斋，湖州德清人，祖籍宁国府（今安徽宣城），自其父吴柔胜始迁居德清新市。南宋中晚期名臣、著名词人。嘉定十年（1217）进士第一，官至右丞相、兼枢密使。著有《履斋诗余》《论语士说》等。陆心源谓其文"忠言谠论，日月争光"。吴潜留下很多以湖州为主题的诗词。

卜算子

苕霅水能清，更有人如水。秋水横边簇远山，相对盈盈里。[1]　溪上有鸳鸯，艇子频惊起。何似收归碧玉池。长在阑干底。

（《吴潜词编年笺注》上卷）

注　释

[1]盈盈：湖水充盈满溢的样子。

赏　析

这是吴潜众多写湖州景物的词之一。上阕开始就直写苕溪霅

明　宋旭　湖州十八景图·黄龙洞

溪清澈的水质，随即引出这里贤人的品格亦如这溪水般清澈。接着词人视野由近及远，呈上一幅秋水与远山相映成趣的山水画卷，宁静而深远。下阕则由静景转向对动景的描绘。词人先是聚焦于近处溪上的鸳鸯被不时驶过的小船频频惊扰，随即遐想，倘若能把这些鸳鸯收归到碧玉池中，那么它们就能不被打扰了，显现出词人对美好事物的珍惜。

吴文英

吴文英（约1200—约1260），字君特，号梦窗，晚年又号觉翁，四明鄞县（今浙江宁波）人。一生未第，布衣终生。著有《梦窗词》。吴文英一生游幕四方，少年时曾于湖州游历，留下许多佳作。

瑞龙吟 德清清明竞渡

大溪面。[1]遥望绣羽冲烟，锦梭飞练。桃花三十六陂，鲛宫睡起，娇雷乍转。[2]　去如箭。催趁戏旗游鼓，素澜雪溅。东风冷湿蛟腥，澹阴送昼，轻霏弄晚。　洲上青萍生处，斗春不管，怀沙人远。[3]残日半开一川，花影零乱。山屏醉缬，连棹东西岸。阑干倒、千红妆靥，铅香不断。傍暝疏帘卷。翠涟皱净，笙歌未散。簪柳门归懒。犹自有、玉龙黄昏吹怨。重云暗阁，春霖一片。

（《梦窗词集校笺》）

注 释

[1] 大溪：此指德清余不溪。　　[2] 桃花三十六陂：语出王安石《题西太一宫壁二首（之一）》："三十六陂流水，白头想见江南。"实写苕霅西塞山前桃花坞及水湾中星罗棋布的钓矶。　　[3] 斗春：此指春日竞渡。德清旧俗，为纪念宋义士戴继元，将端午划龙舟改至清明划龙舟。怀沙人：代指屈原。

赏　析

　　此词为词人早年在临安府尹袁韶幕中游湖州德清时所作，描绘了当地清明期间的竞渡习俗。全词分三部分。上阕"大溪面"

清　樊圻　闹龙舟图卷

点明竞渡之地，接着直接写龙舟竞渡的场景：彩旗飘扬，舟船如梭，桃花映水，锣鼓震天。中阕继续描绘激烈的竞渡场面，号角声下，龙舟穿梭如箭，激起层层浪花，最后三句转写当时天气，表明竞渡持续时间之久。下阕承接中片结拍之意境，先写傍晚时分，江川花影之美；再写观渡游女如云，满路飘香；最后"重云暗阁，春霖一片"既描绘了多变的天气，也流露出竞渡已毕，余兴未散之意。

全词从正面、侧面反复渲染竞渡场景，从热闹非凡到曲终人散，款款道来，层次井然，是一幅独具特色的德清地方风俗画，读之有亲临其境之感。

惜红衣

余从姜石帚游苕霅间三十五年矣，重来伤今感昔，聊以咏怀。[1]

鹭老秋丝，萍愁暮雪，鬓那不白。倒柳移栽，如今暗溪碧。乌衣细语，伤绊惹、茸红曾约。[2] 南陌。前度刘郎，寻流花踪迹。[3]　　朱楼水侧。雪面波光，汀莲沁颜色。当时醉近绣箔，夜吟寂。三十六矶重到，清梦冷云南北。买钓舟溪上，应有烟蓑相识。[4]

（《梦窗词集校笺》）

注 释

[1]姜石帚:湖州乌程县苕霅间的隐士。据此小序,词中所论述的,都是湖州苕溪流域乌程一带的风光。　[2]乌衣:乌衣国是神话中的燕子国,后以"乌衣"指代燕子。　[3]前度刘郎:用刘晨、阮肇天台山遇仙女的典故,兼化用唐刘禹锡《再游玄都观》诗"前度刘郎今又来"。
[4]烟蓑:指渔钓归隐。

赏 析

　　这是一首怀人之作。小序交代了作词缘起,奠定了全词伤今感昔的基调。上阕从秋冬之景写到鬓白如雪。旧地重游,回忆起当年共同的约定,但如今只剩碧水映柳,乌衣独语,光景依稀。鬓白、溪碧、乌衣、茸红,极富画面与层次感。下阕以水边景色起兴,进一步引发词人对往事的感叹。"当时醉近绣箔,夜吟寂",回忆三十五年前与姜石帚游苕霅时的畅游狂饮。随后又回到今夕重游旧地,当时归隐之梦已如寒云不知飘逝何方。最后以假设之语作结,进一步加深了恍然今夕的感伤。

　　全词借湖州苕溪风光,抒发了词人今情昔感,回环往复,哀艳易工。陈廷焯《云韶集》评此词"笔路高绝。清虚似白石,沉静似清真,几欲合而一之矣"。

韦居安

韦居安，号梅磵，安吉州（今浙江安吉）人。宋末元初诗人。咸淳戊辰年（1268）进士，摄教历阳，司纠三衢。著有《梅涧诗话》。

摸鱼儿

西门外地名张钓湾，即唐人元真子张志和钓游处。

绕苕城、水平坡渺，双明遥睇无际。[1] 就中惟有鱼湾好，占得西关佳致。杨柳外、羡泛宅浮家，当日元真子。[2] 溪山信美。叹陈迹犹存，前贤已往，谁会景中意。　　萧闲甚，筑屋三间近水。汀洲香泛兰芷。清风明月知多少，肯滞软红尘里。垂钓饵。这春水生时，剩有桃花鳜。烦襟净洗。待办取轻蓑，来分半席，相对弄清泚。[3]

（《全宋词》）

注　释

[1] 苕城：代指湖州，因苕溪而称。　　[2] 泛宅浮家：《新唐书·张志和传》

"颜真卿为湖州刺史,志和来谒,真卿以舟敝漏,请更之。志和曰:'愿为浮家泛宅,往来苕霅间。'"元真子:张志和贬官后不复仕,放浪江湖间,自号玄真子,亦称烟波钓叟。宋人避讳"玄"字作"元"。　　[3]桃花鳜、取轻蓑:化用张志和《渔歌》中词句,同时也取其中渔隐意味。清泚(cǐ):清澈明净的水。

赏　析

　　该词为词人记张志和钓游处所作。上阕先写湖州山水之清远,而如此佳境之中当属鱼湾这处地方最好;紧接着写鱼湾景致,杨柳依依,浮家泛宅,溪山信美,真是羡慕张志和当时的垂隐生活;而后词人感慨遗迹虽存,贤人已去,如今无人再能会意其中。下阕写词人自己的闲雅生活,近水而居,兰香弥漫,清风明月作伴,春来水涨鱼肥时,坐席戏水,甚是惬意。

　　全词用语清新自然,写张志和钓游处,多处化用张志和词句。既描绘了湖州一带的清丽景色,如"泛宅浮家"是湖州重要的地域特色之一;又借张志和的事迹表明湖州人杰地灵之特色,从而流露出自己脱离世俗的闲适意趣,读来意味隽永。

周　密

周密（1232—1298），字公谨，号草窗，又号萧斋、四水潜夫、华不注山人，晚号弁阳老人，祖籍山东济南，迁居湖州。以门荫入仕，官至两浙运司掾属、丰储仓检查。入元后不仕。与吴文英（号梦窗）并称"二窗"。著有《草窗韵语》《蘋洲渔笛谱》《云烟过眼录》《齐东野语》《武林旧事》《癸辛杂识》等，编有《绝妙好词》。

乳燕飞

辛未首夏，以书舫载客游苏湾。[1] 徙倚危亭，极登览之趣。所谓浮玉山、碧浪湖者，毕横陈于前，特吾几席中一物耳。[2] 遥望具区，渺如烟云，洞庭、缥缈诸峰，矗矗献状，盖王右丞、李将军着色画也。[3] 松风怒号，暝色四起，使人浩然忘归，慨然怀古，高歌举白，不知身世为何如也！溪山不老，临赏无穷，后之视今，当有契余言者。因大书山楹，以纪来游。

波影摇涟漪。趁熏风、一舸来时，翠阴清昼。去郭轩楹才数里，藓磴松关云岫。快屐齿、筇枝先后。[4] 空半危亭堪聚远，看洞庭、缥缈争奇秀。人自老，景如旧。　　来帆去棹还知否？问古今、几度斜阳，几番回首。晚色一川谁管领，都付雨荷烟柳。知我者、燕朋鸥友。[5]笑拍阑干呼范蠡，甚平吴、却倩垂纶手。吁万古，付卮酒。

（《周密集·蘋洲渔笛谱》卷二）

注　释

[1]辛未：宋度宗咸淳七年（1271）辛未。首夏：初夏。苏湾：在湖州乌程县南。苏轼当年守郡时曾筑堤其侧，故称。　[2]浮玉山：湖州碧浪湖湖面较阔，湖中有屿，称浮玉山，湖水满时山顶常露若浮玉，故名。碧浪湖：在湖州城南一里许，又名南湖、玉湖、岘山漾、碧落湖，南面通东苕溪，北面临南城郭。为古代湖州最具盛名的游览胜地。　[3]具区：太湖别称。王右丞：唐代王维，除能诗外亦善画，曾任尚书右丞，故称。李将军：唐代李思训，善画山水树石，曾任右武卫大将军，故称。[4]屐齿：木屐底的齿。筇枝：筇竹杖。　[5]燕朋鸥友：语意双关，指燕鸥，亦指吟社词友。

赏　析

此词作于宋度宗咸淳七年，描绘了词人与西湖吟社的友人共同游历湖州乌程苏湾时的所见所感。词的小序交代了该词的缘起，描绘了湖州山水的壮丽与秀美，宛如王维与李思训的画，其中浮玉山、碧浪湖、具区均为湖州地区景色优美、底蕴深厚的景点。词的上阕主要写景，以记苏湾之游，波光粼粼之中，微风吹拂，词人与友人穿梭在湖光山色之中，远离尘世喧嚣，登山远眺，美景尽收眼底。结句借景抒情，人生短暂，只不过如昙花一现，白驹过隙。下阕多次发问，且为明知故问，并借范蠡的典故，抒发词人对世事无常的感慨，以及对隐逸生活的向往。"吁万古，付卮酒"，以一声长叹作结，语句虽戛然而止，读来却令人回味无穷。全词词句清新脱俗，绘景如诗如画，流露出词人对隐居惬意生活的向往，展露了放达胸襟，抒发了怀古幽情，其中也含有无意争仕、遗世独立的消极思想。

元 王蒙 花溪渔隐图

戴表元

戴表元（1244—1310），字帅初，一字曾伯，号剡源先生，庆元府奉化（今宁波奉化）人。宋末元初文学家。南宋咸淳七年（1271）进士，任学官，以兵乱归乡。宋亡后，戴表元辗转庆元、杭州、湖州等地，卖文授徒为生。其间于湖州依赵孟頫，多次参与湖州诗人集会。元大德八年（1304）任信州教授。有《剡源集》存世。《元史》称："至元、大德间，东南以文章大家名重一时。"

湖州（其一）

山从天目成群出，水傍太湖分港流。[1]
行遍江南清丽地，人生只合住湖州。

（《戴表元集·剡源集》卷三〇）

注　释

[1]天目：即天目山，位于浙江省西北部，东起湖州安吉，临太湖平原。

赏　析

《湖州》组诗二首，这一首是广为传诵的名篇，堪称是诗人赠予湖州的最佳广告词和金名片。首二句概括湖州所处地理方位和地域特征：她西倚峰峦叠翠的天目山，北濒烟波浩渺的太湖水，群山绵亘，水网纵横。作者取高远之视角，气势宏大，意象万千，将湖州集柔美与壮美为一体的特色表现得淋漓尽致。后二句直抒胸臆，说行遍江南清丽之地，只有湖州最适合安顿身心！诗人用一个"只"字，突出了湖州的唯一性和独特性，可见他对这座城市真是爱到了极致。不唯表元，凡来湖州之人，谁又能不为她的美丽、清秀、宜人所打动呢？

清　吴穀祥　具区涌金图

赵孟頫

赵孟頫（1254—1322），字子昂，号松雪道人，又号水精宫道人、鸥波，湖州路乌程（今湖州）人。元代著名书法家、画家、诗人。宋宗室，宋亡后仕元，官至翰林承旨学士、知制诰、兼修国史。他博学多才，能诗善文，尤精书画。被推举为楷书四大家（欧阳询、颜真卿、柳公权、赵孟頫）之一。开创元代新画风，被称为"元人冠冕"。有《吴兴赋》称述湖州地理、人文风貌，是其书法作品中的代表作，现藏于浙江省博物馆。还有题画文《吴兴山水清远图记》。诗写弁山、苕溪、飞英塔等，于湖州胜迹歌咏颇多。

题苕溪绝句

自有天地有此溪，泓渟百折净无泥。[1]

我居溪上尘不到，只疑家在青玻璃。[2]

（《赵孟頫集》卷五）

注　释

[1] 泓渟（tíng）：水深的样子。　　[2] 青玻璃：青色的琉璃。

赏 析

　　这首七言绝句是对湖州"水迤逦而清深"特点的最佳诠释。诗的前二句，写苕溪自开天辟地以来就有了，它历史悠久，溪水深长，绵延曲折，却又净洁澄澈，不染泥土。后二句写诗人居住在苕溪边上，这儿灰尘不到，干净得让人怀疑居家于青色琉璃之中。诗歌从对苕溪的外部摹写到对作者主观感受的描述，"尘不到"既呼应"净无泥"，又一语双关，不仅说明了溪水的洁净、环境的惬意，也表明了诗人对远离尘嚣、平淡恬静生活的向往。

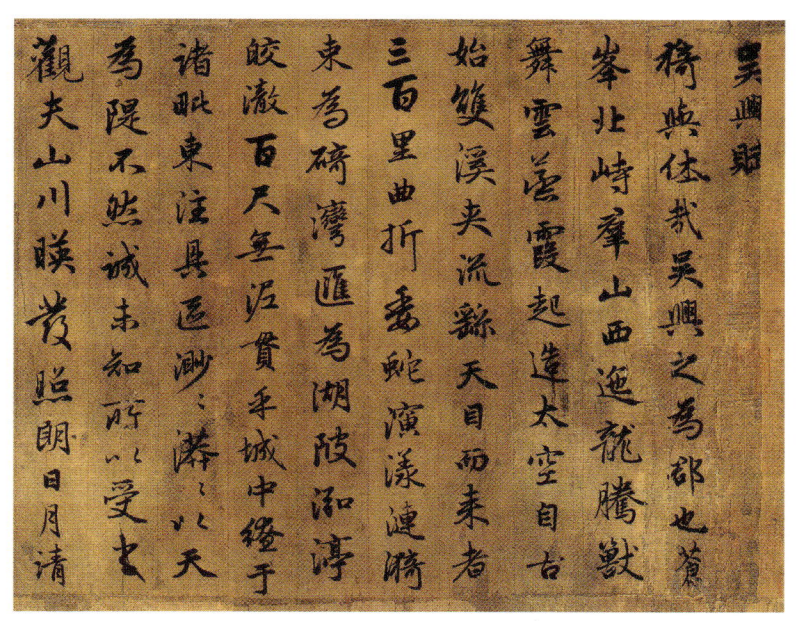

元　赵孟頫　吴兴赋（局部）

管道昇

　　管道昇（1262—1319），字仲姬、瑶姬，湖州路乌程（今湖州）人。赵孟𫖯妻，人称"管夫人"，自号"栖贤山人"。管道昇工书画，也擅诗词，与丈夫琴瑟和鸣。曾以《我侬词》赠给欲要纳妾的丈夫，表明心意，此后二人再无隔阂。《渔父词》四首是她随夫居元大都时所作，寄托了思国怀乡的深厚情感。

渔父词四首（其二）

南望吴兴路四千，几时回去霅溪边？[1]

名与利，付之天，笑把渔竿上画船。

（《赵孟𫖯集》附录一《管道昇集》）

注　释

[1] 霅溪：此处代指故乡湖州。

赏　析

　　管道昇《渔父词》共四首，乃题画之词，是她为规劝丈夫远离官场倾轧所作。"名与利，付之天，笑把渔竿上钓船"，直抒胸臆，明确地表达了对名利场的厌恶，对自由生活的向往。余三首中同样以"只为清香苦欲归""除却清闲总不如""弄月吟风归去休"相劝，意旨相当。据说孟頫看后颇为感动，也回赠了两首词给妻子，其一云："渺渺烟波一叶舟，西风木落五湖秋。盟鸥鹭，傲王侯，管甚鲈鱼不上钩！"而后，赵孟頫意犹未尽，还在画上写了跋语，称赞自己的爱妻："吴兴郡夫人不学诗而能诗，不学画而能画，得于天然者也。此《渔父词》皆相劝以归之意，无贪荣苟进之心。其与'老妻强颜道，双鬓未全斑，何苦行吟泽畔，不近长安'者异矣。"

杨维桢

杨维桢（1296—1370），字廉夫，号铁崖，晚号东维子，绍兴路诸暨州人。泰定四年（1327）进士。因兵乱避居富春山，迁杭州。明洪武三年（1370），召至京师，旋乞归，抵家即卒。擅诗文、书法、戏曲。所创《西湖竹枝词》通俗清新，和者众多。有《东维子集》《铁崖先生古乐府》等。杨维桢一生数次到过湖州，居湖期间曾得一支千年残剑熔铸而成的大铁笛，须臾不离身，并自号"铁笛道人"。他还与湖州知名笔工陆颖贵、陆文宝等交游往还。至正四年（1344）应长兴巨贾蒋克明的邀请，赴东湖书院执教，作有《东湖书院修造田记》。杨维桢遍游湖州山水，涉湖诗有《登道场山》《戴山望太湖》《夫概城》《苕山水歌》《泛震泽》等等。

漫成五首（其四）[1]

铁笛道人已倦游，暮年懒上玉墀头。[2]

只欲浮家苕霅上，小娃子夜唱湖州。

（《铁崖乐府》卷一〇）

注 释

[1]漫成：随意写成。　　[2]玉墀头：宫殿前的石阶，喻指朝廷。

赏 析

　　《漫成》组诗五首作于杨维桢"四十已过五十来"之际，其时诗人淡于仕进、疲于官场的心理越来越强烈。杨维桢在湖州期间自称"铁笛道人"，实际也可看作他人生志向的转折。"老崖铁笛上青云，玉龙穿空卷秋水。……独我胡为牛马走，五湖挂席从此首。"他多次表达退隐江湖的意愿。自唐人张志和声称愿"浮家泛宅，往来苕霅间"，苕霅意象就有了扁舟隐逸的独特意味。后世诗人多有承袭，如宋代陆游谓"会约张志和，清风泛苕霅"，虞俦诗云"扁舟苕霅上，此意几人知"。浮舟苕霅本已足够惬意，更不用说还有吴娃夜唱助兴！

清　杨补　山水图

浙江诗话

明清

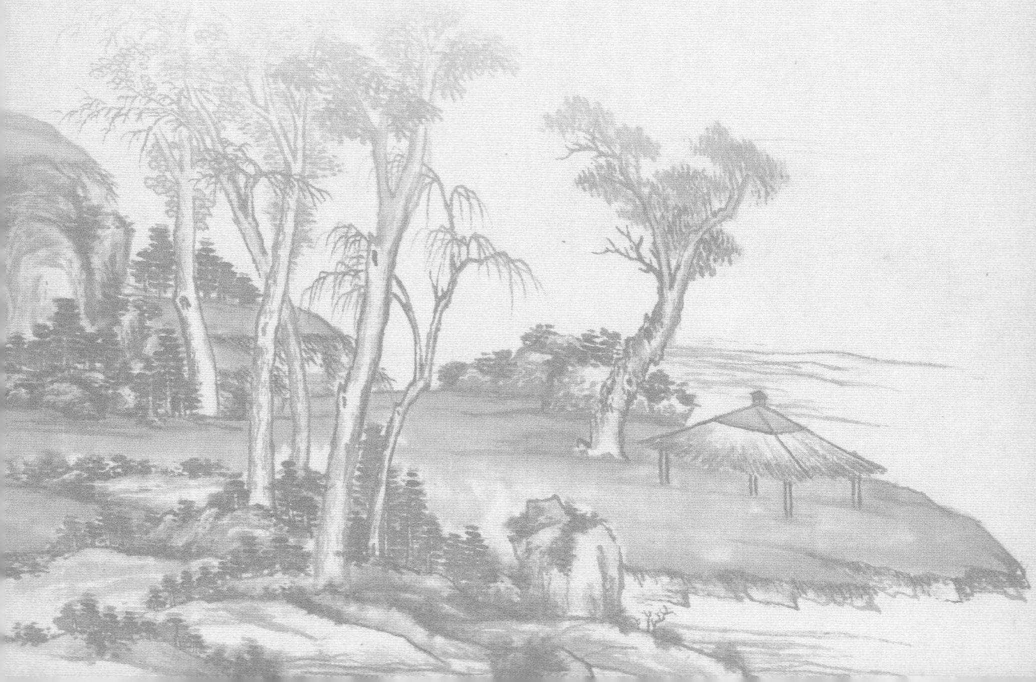

张 羽

张羽（1333—1385），字来仪，后以字行，改字附凤，号静居，江州路（今江西九江）人，后移居湖州路。元末曾为安定书院山长。入明，官至太常寺丞。坐事贬谪岭南，投龙江而死。张羽与高启、杨基、徐贲并称为明初"吴中四杰"，又与高启、王行、徐贲等为"北郭十才子"。著有《静居集》。元末张羽先后隐居湖州菁山、戴山，留下很多以湖州为主题的诗歌。

约徐隐君幼文同隐吴兴[1]

吴兴好山水，子我盍迁居。[2]

绕郭群峰列，回波一镜如。

蚕余即宜稼，樵罢亦堪渔。

结屋云林下，残年共读书。

（《张羽集·补遗》）

注 释

[1] 徐隐君幼文：即徐贲，字幼文，平江路（今江苏苏州）人，与张羽是好朋友。张羽约徐贲一起到吴兴隐居，写了这首诗。高启闻讯，分别

写了《蜀山书舍记》《静者居记》赠送徐、张二人。　　[2]吴兴好山水：语出《南史·沈麟士传》"麟士闻郡后堂有好山水，即戴安道游吴兴"。盍：何不。

赏　析

　　作者隐居吴兴菁山，约好友徐贲一起隐居。诗歌充盈着对吴兴闲适生活的满足和惬意，精洁典雅，深思冶炼，言辞剀切，感情真挚，朴实含华。后徐贲果然应招来吴兴，先隐毗山，后迁蜀山。二人都留下了大量湖州主题诗词和画作，如张羽组诗《吴兴八景》、徐贲画作《蜀山图》等。元亡明兴，徐贲率先出仕。张羽作《重过蜀山徐幼文隐居》："怜君旧隐此林间，一去神京未得还。独客重来多白发，故人不见只青山。岸前古树曾维艇，雪后高斋几扣关。何日能除簪绂系，莫年相约共投闲。"期待徐贲致仕后重回吴兴隐居。不料很快张羽也出仕为官。洪武十三年（1380）徐贲以"犒师不周"被处死，五年后张羽也因事流放岭南，投水而死。吴兴隐居成为他们没有完成的梦想，令人惋惜。

袁宏道

袁宏道（1568—1610），字中郎，一字孺修，号石公，又号六休，荆州府公安（今湖北公安）人。万历二十年（1592）进士，历任吴县知县、礼部主事等职。万历三十八年（1610），以吏部验封司郎中告归，不久患病去世。袁宏道与其兄袁宗道、弟袁中道并有才名，史称"公安三袁"，其文学流派又称"公安派"或"公安体"。著有《袁中郎全集》。袁宏道作有《美人临镜》《赋得斜风细雨不须归》等以湖州为主题的诗。

叹　镜[1]

湖州镜子开生练，昨日红颜今皱面。[2]

只道镜子不长情，谁知我面时时变。

背文回合双蛟戏，千钟粟锦藏鸳翅。

阔眼方鼻浅翠纹，古籀盘屈乌银字。

拂拭旋生缕缕烟，摩挲喜得重重翠。[3]

古往今来半尺铜，人间多少伤心泪。

（《袁中郎全集》卷二九）

注 释

[1]诗题为对镜慨叹之意。 [2]湖州镜子：湖州自宋代始所产铜镜闻名海内。嘉泰《吴兴志》卷一八："郡旧有铜坑，工人铸镜得诀，大小方圆，照鉴若一。"崇祯《乌程县志》卷四："湖之薛镜驰名。薛，杭人而业于湖，以磨镜必用湖水为佳。浙人至今珍薛氏镜，且有专以磨镜为业者，持小铁片如拍板样，于里巷中拍之，声琅琅然。"同治《湖州府志》卷三三："薛名晋侯，向称薛蕙公老店，在府治南宣化坊。"陆游《老学庵笔记》载，胡承公为四川地方官，体恤民生，人称之为"湖州镜"。又，清陈廷敬《照镜》诗："多照湖州镜，容华能几时。"开生练：洁白光丽的新丝绸。 [3]缕缕烟：云雾缭绕意。

赏 析

这是一首咏物抒情的七言古风诗。诗歌极力描摹湖州镜的精妙华彩以及价值不凡。全诗十二句，每四句换韵，格调清新，真率自然，浅近晓畅。前四句从照镜子引发感慨写起。次四句描摹湖州镜的图案修饰，阔眼方鼻，大气雄浑，又有篆字盘曲其上。最后四句一面写铜镜精美令人欣喜，一面又慨叹这"半尺铜"的镜子，不知道耗费了多少民间财力物力，令人伤心。自北宋驰名天下始，湖州镜不仅铸造精美，且辅以生产者牌记或哲理性文字，至晚清西方玻璃镜大量传入中国前，一直是湖州最知名的物产，历时近千年。湖州镜流传遍布中国及东亚日韩、东南亚地区。这首诗以湖州镜为吟咏对象，也表达了对民生疾苦的关注之情。

范景文

范景文（1587—1644），字梦章，号质公，又号思仁，景州吴桥（今河北吴桥）人。万历四十一年（1613）进士，官至工部尚书兼东阁大学士。明亡后自杀殉国。著有《文忠集》《昭代武功编》《战守全书》《师律》等。范景文的父亲范永令，天启初年曾担任湖州总巡通判，范景文因探亲游历湖州，写下《蕉雨轩尝水》等诗作。

赏新茶[1]

吴兴故产茶。家大人宦游兹地三年，未尝以一叶归也。余素有茶癖，惟日煮清泉，点以白石。[2] 盖不欲以所嗜累大人清德耳。癸亥春，客自燕携有新茗，取第一泉烹之。因邀友人共啜。中有作诗赏之者，犹以为吴兴产也。遂用其韵戏成此诗。

千钱市茗止争先，才过清明寄自燕。

箬叶重封来马上，乳花细沸试铛前。[3]

严亲只饮湖州水，座客还吟顾渚篇。[4]

为语兹非官橐物，山泉亦附估人船。[5]

（《文忠集》卷一〇）

注 释

[1] 此诗作于天启三年（1623），范景文正在乡居。　[2] 白石：《云林遗事》载，倪元镇性好饮茶，在惠山中，用核桃、松子肉和真粉成小块如石状，置于茶中饮之，名曰清泉白石。　[3] 箬叶重封：用箬竹叶密密麻麻地封装。铛：茶铛，煎茶的器具。　[4] "严亲"句：我父亲只喝湖州的水。南朝齐蔡撙担任吴兴太守，"口不言钱，及在吴兴，不饮郡井"。"只饮湖州水"是反其意而用，表达清廉从政。顾渚：指顾渚茶。　[5] 官橐：利用职权获取的利益。"山泉"句：意思是煮茶的山泉水，也是从商人那里买来的。估人，即贾人，商人。

赏 析

　　这是一首廉政主题的七言律诗。诗歌叙事言情结合，夹叙夹议，巧妙用典，发人深省。首联、颔联叙事：新茶上市，人人争购，才过清明，友人惠寄，新茶煎出，乳花细沸。颈联、尾联议论：我父亲只饮湖州水，朋友吟咏顾渚茶，这不是借助官势而掠取的湖州特产，连煎茶的山泉水也是从商人那里买来的啊！全诗主题鲜明，用典严谨，谐趣丛生，又义正辞严。此时作者年三十七岁，虽初入官场，但是良好的廉政修养已经养成。后来他官至兵部尚书兼东阁大学士，门署"不受嘱，不受馈"，人称"二不尚书"，成为史上著名的清官，留下一段佳话。

陈子龙

陈子龙（1608—1647），字人中，更字卧子，又字懋中，号轶符、海士，晚年自号大樽，松江府华亭（今上海松江）人。崇祯十年（1637）进士，官至绍兴府推官。明末，与夏允彝、徐孚远等结"几社"。明亡后参加抗清，失败后投水死。著作有《安雅堂稿》《湘真阁稿》等。崇祯十四年（1641）、十五年以及顺治三年（1646），陈子龙曾在湖州活动，写下了《吴兴道中》《德清夜游作》等很多以湖州为主题的诗词。

吴兴四首（其三）[1]

飞燕昼初长，陌头行采桑。[2]

春风一垂手，日暮尚携筐。

密茧温如玉，新绵白似霜。

何劳使君问，无暇织流黄。[3]

（雍正《浙江通志》卷二七四）

注　释

[1] 这是本题组诗第三首。诗后作者自注，称："闵灾也，民以丝充漕。"

因种桑养蚕收益更高，明清两代湖州人将大量的精力投入养蚕织绢，秋后卖丝或绢再买粮食来缴纳漕粮。　[2]"飞燕"句：燕子飞来的时候，白天开始变长。"陌头"句：汉乐府有《陌上桑》，此述湖州开始采桑。[3]使君：汉代州刺史的尊称。汉乐府《陌上桑》即是以秦罗敷与使君的问对铺陈。无暇织流黄：倒装句，意思是因织流黄而"无暇"。流黄，褐黄色的物品，特指绢。

赏　析

　　这是一首以描绘湖州蚕桑生活为主题的五言律诗。诗从节令写起，格调轻盈。燕子飞来，春风易吹，农人至夜在采桑。茧子柔软如玉，蚕丝如霜雪。地方官不必问，百姓都在忙着织绢。钱山漾出土的丝织品表明，四千多年前湖州就开启了种桑养蚕生活。棉花引入中国后，各地以棉代丝。但是湖州土地卑湿，不宜种棉，因此种桑养蚕更加精良。明中叶以后，湖丝已名满天下。近代上海开埠后，湖丝外贸发达，富庶湖州声名远扬，则是后话。

朱彝尊

朱彝尊(1629—1709),字锡鬯,号竹垞,晚年别号小长芦钓鱼师、金风亭长,嘉兴府秀水(今浙江嘉兴)人。康熙十八年(1679)举博学鸿词,授检讨,纂修《明史》。后充日讲起居注官,出典江南乡试,入直南书房,罢归后闲居著述。朱彝尊为诗与王士禛合称"南朱北王";作词与陈维崧合称"朱陈",开"浙西词派"。著有《曝书亭集》《经义考》《日下旧闻》《明诗综》《词综》等。康熙元年(1662)秋,朱彝尊游历湖州,写下《吴兴客夜》《对酒酬周筼兄弟》《题岘山洼尊亭》等以湖州为主题的诗歌。

由碧浪湖泛舟至仁王寺饭句公房[1]

我爱仁王寺,来经碧浪湖。

到门千树合,登阁一峰孤。

仙梵迷高下,香云忽有无。

坐愁风雨至,还与饭秋菰。

(《曝书亭全集》卷五)

注 释

[1]仁王寺：乾隆《湖州府志》卷九："在府城北凤凰山。唐文喜禅师创，肃宗御书寺额。"即今湖州市吴兴区仁皇山仁王护国禅寺。清初以曹洞宗远播越南知名。句公：当时仁王寺的僧人。

赏 析

　　诗歌描绘了游历仁王寺所见所闻。全诗重视才藻性情，典雅而庄重，颇有学者气息。诗开始便以议论肇端，次写所见所闻。诗歌清新自然，亲切熟稔。朱彝尊是浙派诗词创始者，后人评价他"体大思精，牢笼万有"，连很少推许他人的顾炎武也称许他"博雅"。

明　董其昌　舟行十景图·毗山欲雨（局部）

严遂成

严遂成（1694—？），字崧瞻，号海珊，湖州府乌程（今湖州）人。雍正二年（1724）进士，官至云南嵩明州知州，历游豫、楚、滇、黔。诗工咏古，与厉鹗、钱载、王又曾、袁牧、吴锡麟并称为"浙西六家"。著作有《海珊诗钞》《明史杂咏》等。《清史列传》称其"读史诗尤隽，尝自负为咏古第一"。尤以《三垂冈》诗闻名。

姚薏田秀才 所居莲花庄，即赵承旨鸥波亭故址[1]

读书声出绿杨阴，结得芳邻赵翰林。

八面皆山楼一角，万花在水月中心。[2]

那能病作栖泉鸟，未屑贫收谀墓金。[3]

便渡江来无好梦，玉人箫不是知音。[4]

（《海珊诗钞注》卷六）

注 释

[1]这是作者所写《前怀人》十六首组诗的第十四首。姚薏田：即姚世钰，字玉裁，号薏田，湖州府归安人，诸生。著作有《孱守斋集》，与厉鹗、金农为莫逆交，曾馆于江都马氏。年五十五卒。赵承旨：与下文赵翰林，

皆指赵孟𫖯。　[2]"八面"句：取意于李白《送王屋山人魏万还王屋》"沈约八咏楼，城西孤岩峣"句。莲花庄内多假山。"万花"句：光绪《归安县志》载，"莲花庄。在月河之东南，四面皆水，荷花盛开时锦云百顷"。又地近花楼桥。严遂成《为姚玉裁题莲花庄图》有句："如此荷花云锦地，可无书画米家船。"故有此说。　[3]此处诗人原注称："善病，屡征不应。"栖泉鸟：《南史》，吴庆之寓居吴兴，吴兴太守王琨欲召为功曹。答曰："走素无人世情，直以明府见接有礼，所以奔走岁时。若欲见吏，则是蓄鱼于树，栖乌于泉耳。"不辞而退。谀墓金：古代读书人常因贫寒而为人写墓志铭，以获得报酬。　[4]此处作者原注称："时客扬州。"姚薏田当时设馆于扬州儒商马曰琯家。

赏　析

　　这是一首写朋友姚薏田的七言律诗。诗歌豪迈凌厉，写景叙事，不落俗套。姚薏田居所莲花庄，原是赵孟𫖯故园，莲花庄内有大片池塘、湖水，地近月河，宋元以后历代居住者多为文人墨客。姚薏田致力读书，中年病废，让人感伤。诗人推许姚薏田不再追求功名利禄，虽身在繁华盛地扬州，但是生活态度严谨。严遂成诗咏史绝唱，掷地金声，慷慨大气，为后人称道。

徐以泰

徐以泰,字陶尊,号柳樊,湖州府德清人。徐倬曾孙,约乾隆中在世,国子监生。曾官山西绛县、阳曲知县。工诗,与厉鹗为友,著有《绿杉野屋集》。

书船(节选)[1]

曹仓杜库出汗牛,吴兴有书书在舟。[2]

直斋著录五万卷,南渡子弟纷雕镂。[3]

风沿织里及郑港,挟此网利东西州。[4]

一帆高挂走千里,沧江虹贯非其俦。[5]

(《绿杉野屋集》卷二)

注 释

[1] 书船:乾隆《湖州府志》卷四一引《湖录》称:"书船出乌程织里及郑港、谈港诸村落。吾湖藏书之富,起于宋南渡,后直斋陈氏著《书录解题》,所蓄书至五万二千余卷。弁阳周氏书种、志雅二堂,藏书亦称极富。明中叶如花林茅氏,晟舍凌氏、闵氏,汇沚潘氏,雉城臧氏,皆广储签帙。旧家子弟好事者,往往以秘册镂刻流传。于是织里诸村民

以此网利，购书于船，南至钱塘，东南抵松江，北达京口。走士大夫之门，出书目袖中，低昂其价。所至每以礼接之，客之末座，号为书客。二十年来，间有奇僻之书，收藏家往往资其搜访。"　　[2]曹仓：东汉曹曾藏书达万余卷。杜库：汉末杜预博学多才，被誉为"杜武库"。[3]"直斋"句：南宋学者陈振孙著《直斋书录解题》，共著录五万余卷。[4]织里、郑港：清代村名，皆在今湖州市吴兴区织里镇。　　[5]虹贯：此处谓船中宝气形成虹彩，直通上天。俦：可比较的同类。

赏　析

　　这首诗描述了湖州书船南来北往贩卖书籍的历史。诗歌夹叙夹议，追述书船的历史，上溯到南宋时代，贵戚子弟雕镂珍稀书籍，于是湖州织里一带相沿形成以船贩书的行业，专以贩卖书籍牟利。湖州书船除售卖一般古籍外，主要是珍稀善本如钞本、拓本，因此得到学者关注和记述。湖州因书船也产生了很多知名儒商世家，如钱听默、陶正祥、邵良臣、吴良辅、徐姓识等，数代经营。有的还在北京琉璃厂、苏州等地开书店。乾隆帝为编纂《四库全书》下谕中称："湖州向多贾客书船，平时在各处州县兑卖书籍，与藏书家往来最熟。其于某处旧有某书，曾购某本，问之无不深知。"俞樾诗称："湖贾书客各乘舟，一棹烟波贩图史。"翁心存《书贾行》："春江三月书船开，离骚一篇酒一杯。旁人错把孝廉认，书台高等黄金台。"波澜壮阔的五百年湖州书船史，助推了学术的深入交流和江南文化的繁荣。

阮 元

阮元（1764—1849），字伯元，号芸台、揅经老人等，扬州府仪征（今江苏仪征）人。乾隆五十四年（1789）进士，官至体仁阁大学士。著作有《揅经室集》。他在督学浙江时，主修《经籍籑诂》；巡抚浙江时，立"诂经精舍"，对浙江文化建设影响甚大。阮元曾多次到湖州，留下《秋桑》《行赈湖州示官士》《湖州怀吴园茨太守》等诗歌。

吴兴杂诗（其一）[1]

交流四水抱城斜，散作千溪遍万家。[2]

深处种菱浅种稻，不深不浅种荷花。

（《定香亭笔谈》卷三）

注 释

[1]此诗作于嘉庆二年（1797），时作者在浙江学政任上。　[2]交流四水：东苕溪、西苕溪汇流于湖州城，兼以霅溪、芊溪、吴兴塘等，形成合抱之势。

赏　析

　　这是一首描绘湖州田园风光的七言绝句。诗歌形绘湖州城市地理形势，四水环抱，人家多住溪水边，则水通万家。又写水乡种植特点，即种菱种稻随水深浅，不深不浅则可种荷花。语言采俚语理趣，平易浅近，清新自然。至晚年致仕回到扬州时，诗人写《定香亭》诗说："既种荷花又种菱，题诗旧日羡吴兴。"并且自注："嘉庆二年，余在吴兴，喜苕溪风景，曾有句云：'深处种菱浅种稻，不深不浅种荷花。'"可见阮元对吴兴既有深情，又对自己的这首诗歌颇为得意。

朱祖谋

朱祖谋（1857—1931），字古微，号沤尹，又号彊村。湖州府归安人。清末民初著名词人。光绪九年（1883）进士。官至礼部侍郎、兼署吏部侍郎、广东学政。入民国，在沪为寓公。早年工诗，及交王鹏运，始专于词。为"清季四家"之一。著作有《彊村语业》。又曾辑刊《彊村丛书》《宋词三百首》《湖州词征》。

芳草渡

还乡未旬，旋复别去，经碧浪湖作。

滴梦雨，又涨绿霜波，细尘麹洒。照落枫临岸，丹黄对展岩画。[1] 林表蟾镜挂，迎扁舟东下。[2] 渐岁晚，缱绻寒厄，却背乡社。　　牵惹。酒悲顿起，倦理双溪渔隐话。[3] 便赢取、青山落手，沉吟钓竿把。[4] 荡人海气，恣曼衍、鱼龙修夜。问甚日，细听回帆鼓打。

（《彊村语业笺注》卷三）

注 释

[1]丹黄:红色和黄色。写秋天落枫黄红相间。 [2]蟾镜:指圆月。暗指时近月半。 [3]苕溪渔隐话:宋代有《苕溪渔隐丛话》。双溪,指东、西苕溪。 [4]"便赢取"句:化用杜甫《将适吴楚留别章使君留后兼幕府诸公得柳字》诗,"不意青草湖,着意落吾手"。

赏 析

  这是一首离别家乡时复杂情感为主题的词。词的上阕,写离别家乡的情景:深秋时节,秋雨如梦,水面暗涨。碧浪湖上,看枫叶朱黄相间,如同一幅岩画。树林上面,一轮圆月,词人乘船东下。时近岁末,留恋贫寒故里,却还是要背井离乡。情寓于景,一顿三叹,怅惘之情跃然纸上。下阕主要抒情:"牵惹"二字,饱含深情。慢慢回想这些天与亲旧饮宴时,多少故里唠叨话。在漫长的行船暗夜,词人百感交集,恣意放纵思绪,伴随着的则是行船的桨声。晚清民初,朱祖谋为词学领袖,论词以"重拙大"为指归。论者以为,他的词风以王沂孙为骨,以吴文英为神,以苏轼为姿态。

参考文献

B

《白居易诗集校注》，中华书局2017年版

《白石道人诗集》，清乾隆江都陆氏刊本

《鲍照集校注》，中华书局2012年版

C

《晁氏琴趣外篇》，上海古籍出版社1991年版

D

《戴表元集》，浙江古籍出版社2014年版

《丁卯集笺证》，中华书局2012年版

《定香亭笔谈》，清嘉庆刻本

《杜牧集系年校注》，中华书局2008年版

《杜荀鹤诗》，中华书局1959年版

F

《范成大集》，中华书局2020年版

H

《海珊诗钞注》，华东师范大学出版社2019年版

《黄庭坚诗集注》，上海古籍出版社2003年版

J

《姜白石词笺注》，中华书局 2009 年版

L

《李白全集编年笺注》，中华书局 2015 年版

《李长吉歌诗编年笺注》，中华书局 2012 年版

《李商隐诗歌集解》，中华书局 2004 年版

《两宋名贤小集》，台湾商务印书馆 2008 年版

《刘禹锡全集编年校注》，中华书局 2019 年版

《刘长卿诗编年笺注》，中华书局 2017 年版

《绿杉野屋集》，浙江古籍出版社 2015 年版

《罗隐集校注》，浙江古籍出版社 2011 年版

M

《毛滂集》，浙江古籍出版社 2012 年版

《梅溪集》，台湾商务印书馆 2008 年版

《梅尧臣集编年校注》，上海古籍出版社 2006 年版

《梦窗词集校笺》，中华书局 2014 年版

《孟郊集校注》，浙江古籍出版社 2012 年版

《明诗综》，中华书局 2007 年版

O

《欧阳修诗编年笺注》，中华书局 2012 年版

P

《曝书亭全集》，吉林文史出版社 2009 年版

Q

《钱起集校注》，浙江古籍出版社 2015 年版
《彊村语业笺注》，浙江古籍出版社 2016 年版
《全汉三国晋南北朝诗》，中华书局 1959 年版
《全明词》，中华书局 2004 年版
《全宋词》，中华书局 1965 年版
《全宋诗》，北京大学出版社 1998 年版
《全唐诗》，中华书局 1999 年版
《全唐诗补编》，中华书局 1992 年版
《全元诗》，中华书局 2013 年版

S

《司马温公集编年笺注》，巴蜀书社 2009 年版
《松陵集校注》，中华书局 2018 年版
《宋诗纪事》，浙江古籍出版社 2019 年版
《苏轼词编年校注》，中华书局 2007 年版
《苏轼诗集》，中华书局 1982 年版

T

《唐甫里先生文集》，凤凰出版社 2015 年版
《唐五代诗全编》，上海古籍出版社 2024 年版

《铁崖乐府》，浙江古籍出版社2017年版

同治《湖州府志》，清光绪刊本

W

《王安石诗笺注》，中华书局2021年版

《王昌龄集编年校注》，巴蜀书社2000年版

《韦庄诗词全集：汇校汇注汇评》，崇文书局2018年版

《文同全集编年校注》，巴蜀书社1999年版

《文忠集》，文渊阁四库全书本

《吴均集校注》，浙江古籍出版社2005年版

《吴潜词编年笺注》，凤凰出版社2020年版

X

《先秦汉魏晋南北朝诗》，中华书局1983年版

《辛弃疾词编年笺注》，中华书局2015年版

Y

《杨万里集笺校》，中华书局2007年版

雍正《浙江通志》，清雍正刻本

《袁中郎诗文选注》，河南大学出版社1993年版

Z

《曾巩集》，中华书局1984年版

《张籍集系年校注》，中华书局2011年版

《张先集编年校注》，上海古籍出版社2012年版

《张羽集》，浙江古籍出版社 2018 年版
《赵孟頫集》，浙江古籍出版社 2012 年版
《周密集》，浙江古籍出版社 2015 版
《杼山集》，上海古籍出版社 1992 年版

后　记

　　本书重在呈现湖州的悠久历史、灿烂文化与秀美风景。全书精选历代吟咏湖州的诗词一百首。作品的遴选标准是把握经典优先的原则，在名家名篇中优中选优，以展示湖州诗词的发展历史、宏大主题、诗歌风格和文学艺术成就，同时兼顾时代特点和地域文化因素。本书选录范围，包括目前湖州市所辖吴兴、南浔两区及德清、长兴、安吉三县的古代诗词作品。作品按照朝代与作家的生活年代进行编排，所选诗词以经典文本为主，择善而从，不作版本校勘。入选作者简要介绍生卒字号、简单履历、文学成就、著述情况，以及与湖州的联系。诗词设注释和赏析，注释重在作品的人名、地名、典故、专称以及疑难字词释义，力求通俗畅达，简明扼要；赏析阐述作品的产生背景、思想内容、艺术特色、地位影响，力求提纲挈领，要言不烦。

　　本书是集体编纂的成果，由中共浙江省委宣传部和中共湖州市委宣传部统一策划与组织实施。旨在弘扬中华优秀传统文化，推动"浙江诗路文化"和"宋韵传世工程"建设，为"在湖州看见美丽中国"注入文化活力，打造湖州"最江南"的文化标识。撰稿人有刘正武、高丽燕、刘曼华，刘正武最后审定全稿，统一体例。

本书得以完成,特别感谢中共湖州市委宣传部的指导与协调,感谢浙江古籍出版社的支持与努力,保证了本书质量并顺利出版。因为时间仓促,本书难免出现错误之处,恳请读者批评指正!

本册编写组
2024 年 11 月

图书在版编目（CIP）数据

只合住湖州：湖州 / 丛书编写组编. -- 杭州：浙江古籍出版社, 2024.11. --（诗话浙江）. -- ISBN 978-7-5540-3189-6

Ⅰ. I222.72

中国国家版本馆 CIP 数据核字第 2024CK8876 号

诗话浙江
只合住湖州
丛书编写组　编

出版发行	浙江古籍出版社
	（杭州市拱墅区环城北路 177 号　电话：0571-85176989）
责任编辑	刘　蔚
责任校对	叶静超
封面设计	张弥迪
责任印务	楼浩凯
照　　排	浙江大千时代文化传媒有限公司
印　　刷	浙江新华数码印务有限公司
开　　本	880 mm×1230 mm　1/32
印　　张	7.875
字　　数	170 千字
版　　次	2024 年 11 月第 1 版
印　　次	2024 年 11 月第 1 次印刷
书　　号	ISBN 978-7-5540-3189-6
定　　价	42.00 元

如发现印装质量问题，影响阅读，请与本社印制部联系调换。